삶의 플랫폼은 눈물이다

발행일 2017년 11월 20일 초판 1쇄

지은이 박마루
발행인 고영래
발행처 미래사
디자인 이근공
일러스트 김학수

주소 서울시 마포구 신수로 60 2층
전화 02-773-5680
팩스 02-773-5685
이메일 miraebooks@daum.net
등록 1980년 12월 13일 제16-1153호

✻ 잘못된 책은 바꾸어 드립니다.
✻ 값은 뒤표지에 있습니다.

삶의 플랫폼은 눈물이다

박마루 지음

미래사

다시 꿈을 꾸어요

_박마루

우리 앞에 슬픈

일들이 많아

그대 눈물 흘릴 때

내가 항상 그대 옆에 있어 줄게요

감당하기 힘든 험한 일들이

그대 앞을 막을 때

내가 먼저 그대 곁을

지켜줄게요

아플 때 함께 울어주고

사랑을 서로 나누며

다른 무엇도 필요가 없죠

함께 꿈을 꾸어요

먼 길도 함께 걸어가고

지칠 때 서로 기대며

우리 그냥 그렇게 사랑하면서

다시 꿈을 꾸어요 다시 꿈을 꾸어요

머리말

탈무드에 보면 "천국의 문은 기도에 대해서는 닫혀 있을 때도 있지만, 눈물에 대해서는 늘 열려있다"라는 말이 있다. 기도보다 눈물을 윗길로 친 이유는 인간의 진심이 통할 수 있는 도구로 눈물에 가치를 두었기 때문일 것이다. 일반적으로 눈물은 인간의 나약함과 미성숙한 감정을 표현하는 상징으로 여겨진다. 하지만 17, 8세기에는 눈물을 흘리는 것이 아름다움과 순수함을 보여주는 상징으로 여겨지기도 했다. 눈물이 그 가치를 잃어버린 이유는 사회의 변화과정과 관련이 있으며 문화의 한 형식이기 때문에 한 가지로 이유를 대기 어려울 수밖에 없다.

나는 희로애락(喜怒哀樂)으로 대표되는 인간의 감정 중 '슬픔' 즉, '애(哀)'를 가장 기본적인 것으로 생각한다. 슬픔을 아는 사람만이 진정한 기쁨(喜)을 느낄 수 있고, 분노(怒)를 삭일 수 있고, 즐거워(樂)할 수 있기 때문이다.

내가 눈물에 관심을 갖게 된 것은 개인적인 체험으로부터 시작되었다. 한 번의 깊은 통곡과 눈물로 인해 내 삶의 놀라운 변화를 맞는 계기가 되었기 때문이다. 나의 이 경험을 공론화함으로써 우리의 삶이 조금이나마 건강해지는 데 일조하겠다는 희망을 품게 되었다.

한병철은 『피로사회』에서 현대 사회의 위기를 "시대마다 그 시대에 고유한 질병이 있다"라고 설파했다.

우리나라 역시 예외는 아니라서 조선 시대 역사서를 보면 해마다 역병과 전염병, 이질, 식중독 등으로 죽어가는 사람들이 헤아릴 수 없이 많았고 평균수명도 짧았다. 심한 경우 마을 전체에 불을 질러 병균을 없애버려야 할 때도 있었다.

내가 어렸을 때만 해도 해마다 장티푸스와 콜레라 예방주사를 맞았다. 학교에서 이제는 더 이상 단체로 예방주사를 맞지 않는다. 또한 상한 음식을 잘못 먹고 배탈이 나는 경우도 흔치 않다.

평균수명도 길어져 1970년대 기준으로 남자 58.6세, 여자 65.5세에서 약 50년 만에 100세 시대를 바라보게 되었다. 신체조건은 1970년대 평균 키 169센티미터, 몸무게 69킬로그램에서 현재는 175센티미터, 70킬로그램 내외까지 늘어났다.

안타까운 점은 이러한 구체적 성과와는 다르게 정신적인 문제가 대두되고 있다는 것이다. 열정을 강조하는 시대에 살면서 부작용으로 여러 가지 질병이 나타나고 있다. 예전에 정신병이라고 여겨 쉬쉬하며 숨겨왔던 질병들이 지금은 큰 이슈가 되지 않을 정도로 개방화─일반화된 것이다.

즉, 우울증, 과대망상, 경계성 인격장애, ADHD, 충동조절장애 등 치료를 필요로 하는 것부터 지나친 자기계발의욕에 의한 소진 증후군까지 다양한 현상을 드러내고 있는 것이다.

2017년 현재는 어떨까. 뉴스 시간은 엽기적인 범죄 행위를 보여주는 전시장 같다. 사이코패스, 반사회적 인격장애로 진단을 받은 범인들의 공통점은 눈물이 없다는 것이다. 그들은 죽어가는 사람, 피를 흘리고 아파하는 사람을 그저 지켜볼 뿐이다. 화석처럼 굳어진 감정은 어떤 것에도 공감할 수 없고 자신이 갖고 있는 감정 또한 헤아리지 못한다. 그들이 저지른 범죄는 개인의 고통을 넘어 사회적으로도 엄청난 악영향을 끼친다는 면에서 심각성이 더욱 커지고 있다. 이처럼 삭막해지는 현상을 보면서 생각하게 된 것은 어느 때부터인지 사람들이 눈물을 잃어버렸다는 사실이었다. 현재 나와 있는 정신과적인 병명에 한 가지를 더한다면 '눈물 상실 증후군'이 될 것이다.

'눈물 없는 세상이라 훨씬 더 건강하고 행복한가?' 하는 질문을 던져본다. 이 질문에 누구도 그렇다고 시원스럽게 답할 수 없을 것이다. 눈물 없는 세상이라는 것이 예전보다 살기 좋아져서 유토피아적으로 오게 된 것인가, 아니면 울어 봐야 상황이 바뀌지 않는다는 것을 알기 때문에 '미리 포기한 디스토피아 현상인가' 하는 생각을 오랫동안 해보게 되었다.

이 책을 기획하면서 중점을 둔 부분도 '현대인에게 눈물이 어떤 의미가 있는가?' 하는 것이었다. 눈물을 잃어버린 것이 개인적인 삶의 과정에서 바뀐 성향인지, 사회적 현상의 하나인지도 알고 싶었다. 이 부분을 파악하기 위한 기초 작업으로 먼저 앙케트를 하였다.

1053명을 대상으로 앙케트를 하면서 알 수 있었던 것은 사람들의 감정이 심하게 막혀있다는 사실이었다. 많은 분들이 자신의 감정이 어떤지 잘 알지 못했고, 소리 내 울어본 적이 언제인지 가물가물하며, 자신의 울음소리가 지신도 낯설게 느껴질 정도로 억압을 하고 있었다. 사실 울고 싶어도 울 곳이 없다. 아파트나 빌라에서 사는 구조에서 누군가의 집에서 통곡 소리가 들리기라도 하면 금세 이야깃거리가 될 것이다. 그러니 기껏해야 화장실에서 수돗물을 틀어놓고 숨죽여 흐느낄 수밖에 없다.

울음은 본능에 가까운 것이다. 슬픔에 압도되었을 때뿐만 아니라 기쁨이 극에 달했을 때도 울음으로 표현이 된다. 우리나라는 전통적으로 슬픔이 많은 민족이었다. 그렇다고 아무 데서나 시도 때도 없이 눈물을 흘릴 수는 없었다. 특히나 사대부 양반은 함부로 울면 안 되었고 전통적인 법도에 맞추어 "아이고, 아이고" 하며 시간과 우는 방식을 정해 울었다. 그러다 보니 울지 못한 눈물이 억압과 분노로 쌓였다가 예상치 못한 곳에서 기이한 형태로 나타날 수도 있었을 것이다. 해결하지 못한 감정은 화산 깊은 곳에 숨어 있는 마그마 덩어리와 같다. 언제 어떤 식으로 터져 나올지 아무도 알 수 없다. 근래에도 멀쩡하게 자기 역할을 잘 하고 있던 사회 지도층 인사의 불미한 행동이 드러나 본인은 물론 주위 사람들까지 수치스러운 꼴을 당하는 경우가 있었다.

이 책은 '눈물이란 무엇인가?', '언제 마지막으로 울어보았는가?', '울고 싶을 때 어떻게 하는가?', '최근 눈물날 만큼 힘들었던 일은?' 등 17문항을 기본으로 성별, 나이, 학력, 경제적 정도, 직업군 등으로 분류하여 조사하였다. 조사 과정에서 드러난 다양한 사례를 통해 자신을 볼 수 있는 계기가 될 것이며, 분주한 현대인으로서의 삶을 잠깐 멈추고 반추해 볼 수 있기를 바란다. 궁극적으로는 현재 자신의 상태를 인식하고 다음 단계로 성장하는데 도움을 드리는 것이 필자로서의 희망 사항이다.

책이 출판되기까지 내 곁에서 깊이 공감하며 믿음으로 함께 해 준 아내와 해낼 수 있다는 건강한 에너지를 준 아이들이 참 고맙다. 아이디어에서 기획, 집필에 힘을 더해 준 신상진 작가에게도 감사함을 표한다.

2017. 11
박마루

1

눈물로 성공한 사람,
눈물로 실패한 사람

눈물의 역사

눈물도 역사가 있을까. 눈물은 개인적인 체험에서 나올 수 있는 반응일 가능성이 높다. 집단적인 눈물을 보일 때조차도 슬픔을 당한 사람과 관련된 사람들 각자의 표현으로 느껴진다. 그런데도 눈물의 집단성, 감정을 표현하는 방식에 유행이 있었다는 주장이 있다.

프랑스의 역사학자 안 뱅상 뷔포는 시대별로 눈물을 권장했던 시기가 있다는 연구결과를 발표하였다. 그의 저서 『눈물의 역사』에서 남자나 여자할 것 없이 눈물을 짜내다 못해 과시하기까지 했던 때가 있었다고 한다. 공연을 보고 손수건을 적시고, 책을 읽다가 눈물이 나온 장면에 대해 장황하게 설명하는 것이 자연스럽고 인간적으로 보이는 행동이었다. 당시는 당연했던 감정표현방식이 현대의 기준으로 보았을 때 낯설게 느껴지는 이유는 상황을 파악하지 못하는 사람의 어리석은 행동이라 여겨지기 때문일 것이다. 이 책에는 18세기와 19세기 말까지 프랑스인들의 문화를 통해 눈물이 어떤 식으로 구사되었는지 시대적 기준으로 나누어 설명하고 있다.

18세기

18세기는 내면의 진정성을 토로하는 도구로서 눈물이 홍수를 이루던 시절이었다. 의사소통의 표징으로서의 눈물에 대한 새로운 의의를 찾고 새로운 감정을 공유함으로써 충분히 소통하고 있다는 의미를 지니고 있었다. 이 시기는 남녀를 불문하고 거리에서 거리낌 없이 눈물을 흘렸다. 얼핏 보면 우는 것이 자랑거리가 될 수 있다는 것이기도 했다. 17세기에 등장해 18세기에 번창한 대중소설은 개인적으로 읽거나 '함께 모여' 눈물을 흘리기에 좋은 도구가 되었다. 살롱에 모여 슬픈 이야기를 듣고 나누고 서로 눈물을 권장하는 분위기라는 것은 지금 기준으로 보면 우스워 보이기까지 하다. 그런데도 이 시기의 눈물은 상대방을 깊이 이해하고 있다는 의미를 전달할 수 있는 언어였고 연인에게 줄 수 있는 소중한 선물이기도 했다. 그들의 편지 속에는 눈물에 관한 구절이 흔하게 들어가 있었다.

루소와 디드로는 이런 편지를 주고받았다.

"나는 자네(디드로)에게 편지를 쓸 때 감동을 느끼지 않은 적이 없다네. 그래서 지난번에 보낸 편지는 내 눈물로 젖었지."

"오, 루소! 자네는 고약하고 부당하며, 잔인하고 무자비해졌군. 그 때문에 나는 고뇌의 눈물을 흘리고 있다네."

눈물은 집단적이며 일반적인 현상이 되었고, 서로 간의 동질성을 확인할 수 있는 가장 확실한 표현방식으로 굳어져 가기 시작했다. 연극에서는 관객들의 집요한 요구에 상응하여 눈물의 예술성도 점차 확립되었다. 하지만 설득력 없는 눈물 때문에 관객의 마음이 언짢아지거나 실망을 느끼는 것은 위험한 일이었다. 예를 들어 관객의 동정을 사지 못할 정도의 악한이나, 지나치게 순진무구한 희생자는 피하도록 하는 것이었다. 악한도 연민과 동정을 살 수 있는 일말의 여지가 있어야 하며, 희생자는 안쓰러움과 칭찬을 버무려놓아야 했다.

집단적 눈물의 힘이 가장 확실하게 드러난 사건은 1789년 프랑스혁명이다. 파리의 민중들은 바스티유 감옥을 함락한 뒤 감동과 환희의 눈물을 흘렸다. 열광이 사람들의 목소리를 짓눌렀고, 하고 싶은 말을 오열이 막아버렸다. 자유를 향한 혁명은 눈물의 혁명이기도 했다. 봇물 터지듯 흘러나온 눈물은 약 2년간 지속하였다.

19세기 전반

하지만 혁명이 가라앉고 19세기가 열리면서 눈물은 다른 방식으로 드러나기 시작하였다. 신 가톨릭 파의 '고뇌주의'가 점차 힘을 얻고 낭만주의의 열정이 찬미 되면서 '줄줄' 흘려대는 눈물이 수치스러움의 상징으로 나타났다.

남자가 흘리는 눈물은 진실이 아닌 나약함으로, 손수건을 적시는 여자의 눈물은 무언가를 얻어내기 위한 쇼가 아닌가 하는 미심쩍은 시선을 받게 되었다.

19세기 후반

남자들은 거의 눈물을 보이지 않게 되었고, 여자들은 교묘하게 좀 더 정책적으로 눈물을 사용해야 했다. 사회적 관계의 표현과 주제의 표현, 의사소통과 감정 표현은 굳이 눈물이 아니더라도 보여줄 수가 있었다. 타인으로부터 보호받을 수 있는 사적 공간이 늘어나면서 대중 앞에서의 눈물은 이상 징후와 자아 상실의 불안한 징후로 인식하게 되기도 하였다. 지나친 감수성과 감상적인 것으로 인한 여자의 눈물 역시 더 이상 유리하게 작용하지 않게 되었다. 그녀들이 흘릴 눈물은 주로 친한 사람들 사이나 은밀한 곳, 또는 어둠 속에서나 표현할 수 있는 것이 되었다.

놀라운 것은 눈물이 억제되면서 남녀 모두 예상치 못하게 폭발해

버리는 감정의 증상이 빈발했다는 것이다. 너무 오래 참았다가 순간적으로 오열을 하는 현상은 주위 사람을 당황케 함은 물론 정신적인 문제가 있다는 생각을 하게 할 정도였다.

19세기 말은 프로이트가 본격적으로 신경증을 연구하고 정신분석을 시작한 시기와도 연결이 되어 있다. 특히 신경증의 한 유형인 히스테리 환자에게 최면을 건 후 이야기를 풀어낼 수 있도록 도운 것은 사람들의 억압이 그 정도로 심했음을 보여주는 것이기도 하다.

이외에도 눈물은 신체에 직접적인 영향을 미친다. 눈물은 우리 눈을 보호하고 청결을 유지하기 위해서 눈물샘에서 분비되는 체액으로 정화, 항균, 윤활작용을 하는 기능이 있다. 또한, 감정이 차올랐을 때 마음껏 울면 신체적으로나 정서적으로 한결 안정되는 효과가 있다. 아이들은 본능적으로 울 줄을 안다. 그리고 울음을 통해 마음속에 쌓여있던 감정들을 밖으로 배출하는 과정에서 카타르시스 효과를 볼 수 있다.

이스라엘 와이즈만 연구소와 울프슨 의료센터의 공동연구 결과 다음과 같은 내용을 발표하였다.

여자의 눈물은 남자의 마음을 안정시킨다. 남자의 테스토스테론 성분은 폭력성과 공격성을 높이는데 그 상황에서 여자의 눈물 냄새를 맡게 했더니 테스토스테론의 분비가 줄어드는 현상이 나타났다. 그런 의미에서 눈물은 가장 순수하고 강력한 힘을 가진 것으로 보인다. 하지만 남녀의 울음횟수는 차이가 크다. 평균적으로 여자는 일 년에 47회

눈물을 흘리면서 울지만, 남자는 고작 7회에 그친다고 한다.

이 결과를 보면서 생각하게 된 것은 남자가 눈물을 흘리는 횟수가 적은 것이 아니라 눈물을 흘리는 것을 들키는 확률이 적은 것이 아닌가 하는 점이다. 성별에 상관없이 감동적인 눈물은 남을 위해 울어주는 사람의 것이 아닐까 하는 생각을 하게 된다.

세상에서 가장 불쌍한 사람

나는 다른 사람은 물론 자기 자신을 위해서도 진정으로 울어보지 않은 사람이야말로 가장 불쌍한 사람이라고 생각한다. 실연과 실직, 도산, 파산, 절망, 이별 등 커다란 충격으로 머리가 멍해질 때조차도 마치 눈물샘이 막혀버린 것처럼 눈물을 흘리지 못하는 경우가 있다.

이와 관련된 사례로 고등학교 3학년 때 한 친구가 생각이 난다. 그 친구는 성적도 좋았고 말이나 행동도 단정하여 매사에 실수가 없었다. 하지만 특이한 버릇이 하나 있었는데 재채기나 기침을 할 때 "에취!" 하고 시원스럽게 하는 것이 아니라 "크흑!" 소리를 내며 하다가 마는 느낌을 주는 것이었다. 그렇게 친구가 이상한 소리를 낼 때마다 교실에는 킥킥거리는 웃음소리가 번지곤 했다.

그러던 어느 날 수업이 끝난 후 그 친구와 둘이서 하교를 하게 되었다. 함께 걷고 있는데 그 친구가 예의 "크흑!" 하는 소리를 냈다. 나는 궁금증이 일어서 왜 재채기를 하다 마느냐고 물었다. 그러나 친구는 아무 말도 하지 않았다. 한참을 조용히 걷던 친구가 어머니 이야기를 들려주었다.

"중학교 3학년 때 엄마가 암으로 돌아가셨어. 6개월이라는 시한부 판정을 받았지만, 그 후로도 일 년이 넘게 사셨기 때문에 내심 안도했었던 것 같아. 그러던 어느 날 점심시간에 선생님이 나를 부르시더니 어머니가 위독하다고 빨리 병원으로 가라고 하셨어. 나는 미친 듯이 달려갔지. 달리면서도 설마 했어. 병원에 도착하니까 막 숨을 거두셨는지 모니터에서 삐~~ 하는 소리가 났어. 사람이 그렇게 쉽게 죽을 수 있다는 것을 받아들일 수가 없었어. 시트로 엄마 얼굴을 덮는데 아버지가 마지막으로 엄마 얼굴을 보라고 하더라고. 큰 형과 누나가 엄마를 끌어안고 엉엉 울었어. 아버지도 눈물을 훔치고 계셨고. 그런데 나는 뒷걸음질을 쳤어. 세 사람이 엄마 가까이에 있으니까 내가 끼어들 데도 없었고, 연속극의 한 장면을 보는 것 같았어. 장례를 치르는 동안 아무 생각도 나지 않았어. 눈물도 울음도 나질 않아서 자꾸 바깥으로 돌았던 것 같아. 나를 보고 독하다 그러는 사람도 있고, 어떤 사람은 아직 정신이 없어서 그렇다고 울라고 했어. 지금 울어야 살 수 있다고 했어."

당시 나는 그 친구의 말이 무슨 뜻인지 제대로 이해를 할 수가 없었다. 그러니 아무 말 없이 친구의 얘기를 듣고 있을 수밖에 없었다.

"그다음부터 계속 목에 뭐가 걸려있는 것 같은 거야. 복숭아씨만 한 먼지 덩어리 같은 게 뭉쳐서 목을 꽉 막고 있는 것 같았어. 그래서 재채기나 기침이 나오는데 중간에 자꾸 걸리는 거야."

그때는 이해하지 못했지만 지금 생각해보면 친구 목에 걸려 있는 것 같다는 먼지 덩어리가 결국은 울어야 할 때 울지 못한 울음 덩어리가 아니었을까 싶다.

눈물의 진정한 설득력

사람은 진정한 눈물이 어떤 것인지 본능적으로 알고 있다. 진정한 눈물은 그 어떤 것보다 강한 설득력을 지니고 있다. 다음 이야기에서는 누군가를 위해 울 줄 아는 고수들의 이야기가 나온다.

"눈물의 아들은 절대 망하지 않는다."

이 말은 아우구스티누스가 이교도 사회에서 방탕 생활을 할 때 어머니 모니카가 그를 위해 남몰래 기도하며 흘린 눈물의 효능을 일컫는 말이다. 보이지 않는 곳에서 눈물을 흘리는 사람이 상대방을 진정으로 사랑하는 사람일 가능성이 높다.

새벽기도에 가보면 미명의 어둠 속에서 몸을 웅크린 분들의 온몸을 쥐어짜는 것 같은 탄원과 눈물의 호소가 들린다. 어떤 때는 기도 소리가 너무나 처절하고 절절해서 내가 하던 기도를 잠시 잊어버리고 귀를 기울일 때도 있다. 그중 가장 많은 것은 역시 자식을 위한 어머니의 기도다. 어머니 역시 인간이기 때문에 자식에게 실망하고 심지어 악담을 퍼붓기도 한다. 그런데도 결국 눈물의 자리로 와서 자식을 품어 안게 되는 것이 어머니의 본성이다. 여기 눈물을 통해 회복된 사례가 있다.

내가 다니던 교회에 한 집사님 부부가 계셨다. 경제적으로 그리 여유롭지는 않았으나 1남 2녀의 자녀와 평범하게 살고 계시던 분이었다. 결혼 후 17년이 되었을 때 집사님 남편이 회사에서 정리해고를 당했다. 상사와 입사 동기들이 퇴직하는 것을 보면서도 그동안의 공적이 있으니 그리 쉽게 자를 것이라는 생각을 하지 않았다. 하지만 설마 했던 우려가 현실이 되었고 초조한 마음에 퇴직금으로 급하게 차린 사업이 어려워지면서 가정에도 큰 타격이 왔다. 집사님 부부는 어떻게든 사업을 접지 않으려고 아이들을 학교에 보내자마자 함께 출근을 했고, 거의 밤 한 시가 되어서야 집으로 돌아왔다. 그렇게 2년을 정신없이 보내면서 아이들에게도 이상 신호가 오기 시작했다. 아이들이 학교가 끝나도 제시간에 귀가하지 않고 밖으로 돌기 시작했고, 특히 중학교 2학년이었던 아들은 무엇을 하고 다니는지 모를 지경에 이르렀다. 그래도 아이들이 부모를 이해하겠지 하는 믿음으로 정신없이 지냈다.

그런데 어느 날부터 집안에 있던 돈이 없어진다는 느낌이 들었다. 잘 때만 해도 돈이 있었는데 아침에 보면 지갑이 비어 있었고 식탁 위에 올려두곤 하던 잔돈푼도 없어졌다. 하지만 그 범인이 아들일 거라고는 생각조차도 하지 않았다. 그러는 동안 아들의 도벽이 더 심해져 카드까지 훔쳐 현금을 찾아간다는 사실을 알게 되었다. 아들을 추궁했지만 자신은 그런 적 없다고 완강하게 부인을 했다. 결국, 집사님은 아들을 데리고 CCTV를 확인하러 은행까지 가게 되었다.

믿고 싶지 않았지만, CCTV에 아들이 있었다. 아들은 눈앞에 번연히 자신의 모습이 보이는 데도 아니라고 잡아뗐었다. 은행직원이 답답한지 집사님한테 바로 경찰서에 신고해버리라고 했다. 집사님 역시 직원의 말대로 하는 게 옳은 것인지 아닌지 혼란스러웠다. 고민 끝에 경찰서에 가서 경찰관에게 물어보니 부모가 고발한 것도 기록에 남는다고 했다. 그건 아닌 것 같아 집으로 돌아왔다.

집사님의 말을 들은 남편이 아들의 버릇을 고치겠다고 매를 댔다. "아무리 타이르고 달래도 안 되니 따끔하게 혼을 내야 한다"는 것이었다. 아들에 대한 실망과 걱정, 분노로 정신없이 아들을 때리는 남편을 그냥 두었다가는 죽일 것 같았다고 했다. 집사님은 남편을 말리다, 아들을 야단치다 하면서 어떻게 해야 할 줄을 몰랐다. 그 후로 아들은 가출까지 하기 시작했다. 집사님은 그때만큼 절망스러웠던 적이 없었고 집안이 다 망가지는 것 같았다고 했다. 절망 속에 있을 때는 기도조차 나오지 않았다. 아들이 잘못될까 하는 두려움에 압도되어 쩔쩔매는 수밖에 없었다. 그러던 중 아들이 오토바이를 타는 친구들과 어울린다는 소식이 들렸다. 집사님 부부는 몇 날 며칠 아들을 찾아다니고 별짓을 다해봤지만,

아예 연락도 되질 않았다 부모의 존재 자체를 거부하는 것 같았다.

그러던 중, 아들 친구 엄마로부터 그 교회에서 하는 수련회에 아들이 참가한다는 연락을 받았다. 2박 3일의 일정 중 이틀째 날 밤에 부모님을 만나는 시간이 있다고 같이 가자고 했다.

집사님은 아무리 아들이지만 오랫동안 상처를 입고 감정이 상해 아들을 보러가고 싶지 않았다. 그럼에도 얼굴이라도 보고 오자는 아들 친구 엄마의 권유를 받아들여 수련관으로 갔다.

강당에 들어서서 둘러보니 앞자리에 아들이 앉아 있었다. 몇 달 만에 보는 아들이 반갑기도 하고 머리에 샛노랗게 물을 들인 채 앉아 있는 모습이 처음 보는 아이처럼 낯설기도 했다.

프로그램 중 부모님과 만나는 시간이 다가왔다. 강당 뒤쪽으로 대부분의 부모가 미리 도착해 있었고, 아이들은 제 부모님이 와 있나 싶어 자꾸 뒤를 돌아보았다. 돌아보다가 엄마나 아빠를 발견한 아이들은 환한 얼굴로 손을 마구 흔들었다.

집사님은 기둥 뒤에 몸을 숨기고 아들을 지켜보았다. 아들이 자기를 원하지도 찾지도 않을 것이라는 생각 때문이었다. 그러나 생각과는 달리 아들 역시 다른 아이들처럼 계속 뒤를 돌아보고 있었다. 수시로 목을 빼고 뒤를 돌아보고 있는 아들에게서 부모가 필요 없는 드세고 고집 센 아이가 아니라 예전의 어린아이, 예전 품에 있었던 시기의 사랑스러운 모습을 찾을 수 있었다.

시간이 흐르고 진행자가 "이제 부모님과 만나는 시간입니다"라는 말을 했다. 아들은 다시 뒤를 보았다. 부모님이 올 리가 없다고 생각하여 반쯤은 포기한 것 같았다. 집사님은 기둥 뒤에서 나와 아들에게로 천천히 다가갔다. 아들은 잠시 멈칫하더니 엄마를 향해 달려왔다. 둘은 누가 먼저랄 것도 없이 끌어안았다.

"엄마, 미안해"라며 아들이 울었다.

집사님도 "아니야. 엄마가 미안해. 네가 힘들 때 엄마가 봐 주질 못해서. 미안해."

그동안은 '속을 썩이는 자식'이었는데 비로소 방치되어 있었던 아들의 불안과 고통, 혼자 걸어온 어두운 터널이 보이는 것이었다. 볼을 타고 흐르는 두 사람의 눈물이 섞였고 집사님은 아들의 야윈 등과 어깨를 쉼 없이 쓰다듬었다. 빙벽처럼 얼어있던 감정이 스르르 녹았다. 집사님은 그날 이후로 마음속에 아들을 꽉 잡았고, 아들도 조금씩 마음을 열기 시작했다고 한다.

이야기를 들으면서 두 사람의 눈물이 동시에 만난 경험이 바로 진정한 화해와 회복의 시작이었음을 확신할 수 있었다. 두 사람의 눈물은 그 어떤 온기나 불보다도 뜨거웠을 것이다.

함께 울어 줄 사람

또 한 사람, 봉사 현장에서 만난 자매의 이야기가 떠오른다. 그녀는 어린 시절 부모의 폭력과 학대로 심각한 우울증과 불안에 시달리고 있었다. 직장생활도 할 수가 없어 정신과 진단을 통해 수급자로 인정받아 나오는 지원금으로 근근이 생활하고 있었다. 교회에 다니긴 하지만 말씀의 의미도 기쁨도 느끼지 못했고 '당신은 사랑받기 위해 태어난 사람'이라는 찬양도, 교인들이 혼신을 다하여 외치는 "하나님 아버지!"라는 부르짖음도 그저 공허하기만 했다. 그녀의 아버지는 도박꾼이며 맨정신으로도 살림을 다 때려 부수고 가족을 길바닥에 버릴 수 있는 사람이었다. 사랑받기 위해 태어난 사람치고는 너무나 함부로 대접받았고 거칠게 살아왔다는 생각만 들었다.

목사님이 그녀를 위해 기도를 하고 교인들이 힘들 때마다 위로해 주어도 그때뿐 다시 제자리로 돌아가곤 하였다. 그나마 교회에 마음을 붙일 수 있었던 것은 그녀와 비슷한 처지에 있는 자매 한 명과 서툴게나마 마음을 나눌 수 있기 때문이었다. 그녀에게 진심을 나눌 수 있는 존재는 10년 넘게 키워 온 개 한 마리뿐이었다. 아버지만 나타나면 눈치를 보느라 다리 사이에 꼬리를 말아 넣고 쩔쩔매는 개가 자기의 처지랑 비슷해 보였다고 했다.

몇 년이 지난 뒤 자매가 키우던 개가 죽었다. 자매는 자신이 가지고 있던 돈 전부를 털어 장례를 치러주었다. 작은 유골단지를 품에 안고 와서 앉은뱅이책상 위에 올려놓고 자기도 죽어야겠다는 생각을 하게 되었다. 덜 고통스럽게 죽을 방법을 알아보고 D데이를 정하는 등

차근차근 준비하였다. 주위 사람들한테 자기가 아끼던 물건을 나누어 주었고, 먼저 가서 미안하다는 내용이 담긴 유서를 써 놓았다.

D데이가 되었다. 자매가 모든 준비를 끝내고 나니 밤 열두시가 되었다. 하지만 죽기 전에 누군가와 이야기를 하고 싶다는 미련이 생겼다. 그때 생각난 사람이 평소에 자기 얘기를 가장 많이 하고 들어 준 자매였다. 늦은 시간이었지만 그 자매가 전화를 받아주면 짧게 인사라도 할 것이고, 안 받으면 바로 실행하기로 하였다. 그런데 전화를 걸었을 때 다행히도 그 자매가 바로 받았다. 그동안 감사했다는 인사를 하는데 목이 메어왔다. 뭔가 이상한 눈치를 챈 자매가 무슨 일이냐고 이유를 물었다. 한참 다른 얘기를 하다가 죽을 거라고 했다. 말없이 이야기를 들어주던 자매가 "얼마나 힘들면 그런 생각을 했겠느냐"라고 했다. 그 말을 듣자마자 울컥 눈물이 올라왔다. 그때부터 세 시간 동안 마음속에 있는 이야기를 모두 털어놓았다. 전화기가 뜨끈해지도록 얘기를 하다가 어느새 잠이 들었다.

그 자매는 마지막으로 다음과 같은 말을 했다.

"무슨 얘기를 했는지 기억이 나진 않아요. 자신도 죽고 싶을 때가 있다고도 했고, 우리 강아지 사랑이 이야기를 할 때도 정말 본 것처럼 감탄해주었어요. 얼마나 재롱둥이였는지 얼마나 영리한지 다 들어주고 자기도 사랑이처럼 예쁜 강아지를 키워보고 싶다고 했어요. 그리고 제가 끝까지 살지 않고 가면 사랑이가 정말 슬퍼할 거라는 말도 했고

요. 다른 건 몰라도 그 말은 맞는 것 같았어요. 다음 날 일어나서 인터넷으로 주문해서 받은 밧줄을 갖다 버렸어요. 그리고 다음부터는 그 생각을 안 하게 됐어요."

그 자매가 마지막으로 한 말은 "그 친구가 제 얘기를 끝까지 들어주고 함께 울어주니까 내가 정말 소중한 사람이라는 게 느껴졌어요"였다.

그 말을 들으면서 나를 위해 울어줄 수 있는 단 한 사람만 있어도 세상을 헛되이 산 것이 아니라는 생각이 들었다. 나 또한 누굴 위해 울어 줄 수 있는 사람이 되어야겠다는 생각도.

눈물로 성공한 사람

깊은 슬픔에서 우러나온 한 번의 깊은 통곡으로 내 삶이 바뀌면 시 주위 사람들도 그런지 알아보고 싶었다. 하지만 드러내놓고 누군가에게 그런 질문을 하기는 나도 그렇고, 대답을 해야 하는 쪽도 쑥스러운 상황이 될 것 같았다

내가 만약 만나는 사람마다 "마지막으로 울어 본 적이 언제인가요?", "눈물을 흘리고 나니 기분이 어땠나요?", "그 일이 당신의 삶을 바꾸어 놓은 것 같은가요?"라고 묻고 다녔다면 사람이 좀 이상해졌거

나 엄청난 일을 당해서 심각한 우울증에 걸렸나보다 하는 오해를 받았을 것이다. 앙케트에 나온 질문들은 평소 내 생각을 정리한 것이었다. 그 문항이 17개였으니 나도 어지간히 궁금한 게 많았던 게 아닌가. 질문만 정리했을 뿐인데 막연했던 눈물의 실체와 궁금증이 풀리는 것 같았다.

세상을 바꾼 최일도 목사님의 눈물

그러던 중 '밥 퍼' 최일도 목사님의 이야기가 떠올랐다. 최일도 목사님은 1957년 서울 출생으로 1988년부터 30여 년이 다 되어가는 지금까지 청량리 쌍굴다리 아래서 굶주린 사람들에게 밥을 퍼드리고 있는 분이다. 현재는 다일 복지재단 대표이사로, 다일 천사병원 이사장으로 나눔과 섬김을 실천하고 계신다. 하지만 그렇게 되기까지는 보통 사람이 상상할 수 없을 만큼의 난관을 거쳐야만 했다고 한다. 최일도 목사님은 가장 힘들었던 일로 어머니와 아내가 못 견디고 떠난다고 했을 때를 꼽았다.

"공동체 초기 5년간 나만 홀로 곤궁함과 어려움을 당한 것이 아니었다. 어머니는 제 부모도 모시지 못하는 내가 무의탁 노인들을 봉양한다는 것이 말이 되느냐며 보따리를 싸서 누님댁으로 가버린 뒤였다. 집안 살림은 아내가 모두 책임을 지고 있었다. 견디다 못한 아내가 나를 떠나겠다고 했다. 가슴이 철렁했다. (중략) 나는 공동체를 그만둘 생각을 하고 있었다. 지친 마음으로 청량리의 다일공동체 건물을 찾았는데 그동안 애를 쓴 것이 아무 의미가 없는 것 같다는 생각이 들 정도로 지저분한 것도 대책 없이 어질러져 있는 것도 여전했다.

건물 1층은 쓰레기가 그득하고 대변을 본 채로 그 옆에 쓰러져 있는 사람, 2층에는 누군가 토해놓은 채 쓰러져 있었고, 3층에는 깨진 술병을 들고 싸운 사람들이 머리에 피를 흘리며 쓰러져 있었다. 예배당으로 쓰이는 4층조차 온전치 않아 유리창은 전부 깨져 있었고 커튼은 찢어졌으며, 십자가까지 무기로 삼았는지 십자가가 바닥에 아무렇게나 던져져 있었다."

최일도 목사님은 '이제 끝이다'라는 생각으로 청량리역으로 나와 기차를 탔다. 춘천에 있는 친구를 찾아가 머리도 식히고 앞일도 정하자는 생각이었다. 하지만 얼결에 태백으로 가는 기차를 탔고 검표원에 의해 떠밀려 용문역에 내려야 했다. 어머니와 아내까지 떠나고 자신은 엉뚱한데 버려지고, 하나님까지도 자신을 떠난 것 같았다. 철저하게 혼자였다. 사람들이 손가락질을 하는 느낌에 역을 빠져 나와 무작정 용문산으로 올라갔다. 그렇게 산 중턱에 올랐는데 집채만 한 너럭바위가 보였다. 그곳에 대자로 누워 하늘을 올려다보았다.

그러고는 사흘 밤낮을 통곡하기 시작했다. 낮에는 뜨거운 태양 아래서 울었고, 밤에는 찬 이슬을 맞으며 울부짖었다, 눈이 너무 아파서 뜰 수가 없었다. 눈에 보이는 사물마다 눈을 아프게 했고 막막한 마음에 서러움만이 밀려 왔다. 목사님은 그렇게 물 한 모금 마시지 않고 울고 또 울었다. 최일도 목사님이 그렇게 처절하게 기도했는데도 하나님이라고 느껴지는 징조는 아무것도 없었고 마음은 여전히 지옥이었다. 그럼에도 정신이 들고나니 배가 너무나 고파왔다.

산에서 내려오고 있는데 어디선가 가까운 곳에서 밥 짓는 냄새가 났다. 계곡 저편에 작은 움막 같은 텐트가 있었다. 겨우 눈을 뜨고 무릎으로 기다시피하여 움막으로 향했다. 거기에는 할아버지 한 분이 식사 준비를 하고 계셨다. 염치 불구하고 할아버지에게 밥을 구걸했다. 할아버지는 초라한 목사님의 행색을 보더니 혀를 끌끌 차며 말씀하셨다.

"젊은 사람이 이렇게 살면 쓰나? 여기서 내게 밥 달라고 청하지 말고, 청량리에나 가봐. 거기 최일도 목사가 자네 같이 절망한 사람에게 공짜로 밥을 나눠준대. 밥은 거기서 얻어먹고 다시 한번 일어나야지."

순간, 목사님에게 현기증이 일어났다. 그때까지 제대로 걸을 수도 없게 만들던 허기와 갈증, 버림받았다는 두려움 따위가 순식간에 사라지는 데서 오는 현기증이었다.

용문산 깊은 곳에서 사흘 밤낮을 울고 난 뒤, 전혀 모르는 할아버지에게서 들은 본인의 이름 석 자와 다일공동체 이야기가 하나님의 음성처럼 들렸다.

목사님은 믿을 수 없을 정도로 힘차고 가벼운 발걸음으로 용문산을 내려와 그 길로 청량리로 돌아왔다. 그 뒤 목사님의 사역과 공동체에는 기적이라 할 수밖에 없는 일들이 계속 일어났고, 단 한 번도 하나님의 존재를 잊은 적이 없다고 고백하셨다.

"나는 누구에게든지 부끄러움 없이 말한다. 내가 진정으로 하나님의 음성을 들은 날은 바로 그날이었다고. 죽고 싶을 정도로 처절한 마음으로 바닥에서 울부짖던 그날이었다고."

최일도 목사님의 눈물은 한 사람을 넘어 가족과 사회, 전 인류의 슬픔과 영혼에 영향을 미쳤다. 그 가치를 도대체 무엇으로 잴 수 있을까. 그래서 눈물은 더할 수 없이 아름답고, 잴 수 없이 값지고, 상상할 수 없을 만큼 무거운 것이기도 하다. 또한 눈물은 현실적인 문제를 뚫고 갈 수 있는 자원이 되기도 한다.

친구의 눈물로 성공한 사람 이원숭 씨

개그맨이자 이탈리아 정통 피자집 대표이자 문화기획자로 다양한 분야에서 성공적인 삶을 살고 있는 이원숭 씨도 싶고 어누운 눈물의 골짜기를 지나서야 새 빛을 본 분이다.

"한번은 오토바이를 타고 만 원짜리 피자 배달을 갔는데, 초췌한 제 모습을 보시고 어떤 아주머니께서 오천 원을 더 주시더군요. 그러시면서 '이원숭 씨 희망 잃지 말고 꼭 열심히 살아요' 하시는데 눈물이 나더군요. '저는 괜찮습니다'라고 하면서도 그걸 받아오고 말았어요. 그렇게 오토바이를 타고 돌아오는데 너무너무 가슴이 아픈 거예요. 그리고 누가 내 오토바이를 쳐 줬으면 좋겠다. 그래서 석 달이고 일 년이고 병원에서 삶 쉬고 싶다. 그동안 너무 오랫동안 힘들게 걸어왔다. 정말 그런 생각을 하면 안 되는데 그런 생각이 절로 들더군요."

한참 힘들 때는 그 역시 죽음을 생각해본 적도 있다고 한다. 아이들과 아내에게 유서를 쓰고, 마지막으로 가장 소중한 친구에게도 편지를 남기기로 했다. 그가 사업을 시작할 때 다른 사람의 반대를 무릅쓰고 두 번이나 돈을 빌려준 사람이었다. 그에게 가게를 정리하고 남은 돈을 처리하라고 하고 마지막으로 목소리라도 들어야겠다는 생각에 전화했다.

이원숭 씨는 친구의 이름을 부르고는 아무 말도 하지 못했다. 친구는 "야 쇼하지 마, 쇼 하지 말고 이따 여섯시 반에 청주터미널로 내려와. 나 지금 바쁘니까 끊어"라고 했다. 친구는 이원숭 씨의 목소리만 듣고도 무슨 생각을 하고 있는지 눈치를 챘던 것이다. 그렇게 청주로 내려가는데 버스 안에서 '그래, 이런 기분으로. 다시 태어났다 생각하고 살아보자' 하는 생각이 들었고, 그 후로 머리도 깎고 핸드폰도 없애고 다시 시작했다고 한다.

이원숭 씨의 이야기를 통해 "성공한 사람 뒤에 눈물이 있다"라는 것이야말로 가장 큰 공감의 언어가 아닌가 하는 생각이 들었다. 그의 눈물은 기적을 일으키고 삶을 바꾸며 새로 태어나게 하는 가치를 만들어냈다. 무엇이 죽음의 절벽 위에 선 그를 되돌릴 수 있었을까, 절벽 끝에선 사람이 아래로 뛰어내리는 것은 순식간에 벌어질 수 있는 일이다. 하지만 그 자리가 바로 날개를 얻을 수 있는 곳이라는 사실을 생각해보면 그 극적인 차이에 소름이 끼칠 정도다. 이원숭 씨의 눈물은 재앙이나 슬픔이 아니라 거대한 역사이며 삶의 기적을 일으키는 도구가 되었다.

눈물로 실패한 사람

다음 질문은 눈물로 망한 사람이 있을까 하는 것이었다. 눈물은 자연스러운 것이지만 상황이나 관계, 의도에 따라 예상치 않은 결과를 나타내기도 한다. 즉, 눈물은 현재의 실패에 절망하지 않고 자신을 믿고 '적극적으로 배우는 과정'에 쓰였을 때 성공의 요인이 될 수 있다.

역사적으로 눈물의 역효과를 보여주는 사건이 있다.

1969년에 미국 37대 대통령에 당선된 닉슨이 국민 앞에서 눈물을 흘린 적이 있다. 그는 취임 직후 아시아 순방에서 "강대국의 핵에 의한 위협의 경우를 제외하고 아시아 각국은 내란이 발생하거나 침략을 받는 경우 스스로 이를 해결해야 한다"라는 '닉슨 독트린(Nixon Doctrine)'을 발표하고 동서독 관계 정상화를 위한 조약에 조인하는 등 강하고 소신 있는 행보를 펼쳐나갔다. 하지만 1972년 워터게이트 사건에 연루되면서 탄핵을 거쳐 대통령 자리를 스스로 내어놓게 된다.

1972년 선거에 대중적 인기를 누리고 있던 맥거번이 민주당 대통령 후보로 나서자 닉슨의 불안감은 고조되었고 그의 재선을 확신하지 못한 백악관의 참모들은 비열한 음모를 하나 꾸몄다. 워싱턴 시내 워터게이트 호텔에 자리한 민주당 선거운동 본부에 도청 장치를 가설하기로 한 것이다. 전직 FBI 요원 고든 리디, CIA 요원 하워드 헌트가 총지휘를 맡았고, 배관공으로 위장한 정보부 요원들이 민주당 선거 본부에 도청 장치를 가설했다. 그러나 우연한 일로 도청 장비가 발각되고 범인들이 체포되면서 사태가 심각해졌다. 처음에는 그저 단순 주거 침입 정도로 여겨졌다. 그해 치러진 선거에도 아무런 영향을 주지 못했고 닉슨은 예상외로 무난히 재선에 성공한다. 그러나 이후의 재판 과정에서 닉슨이 이 사건 배후에 있었다는 사실이 밝혀지게 되었다. 의회의 탄핵에 직면한 그는 끝내 대통령을 사임하고 말았다. 이것이 1970년대 초 미국 정가와 사회를 뒤흔들었던 워터게이트 사건이다.

처음 이 사건이 알려졌을 때 닉슨은 그 사건과 어떤 상관도 없다고 주장했다. 그는 무죄를 주장하는 기자회견 도중 눈물을 보였고, 그 눈물은 참모들의 일방적인 모략일 수도 있다며 일말의 동정심을 품었던 국민들에게까지 공분을 사는 계기가 되고 말았다.

1974년 여름, 상원 법사위원회는 닉슨의 탄핵을 결정했다. 그리고 탄핵안이 상원을 통과할 것이 확실해지자 닉슨은 8월 8일 자진해서 대통령직을 사임했다.

일반적으로 집단을 이루고 있는 구성원들은 지도자의 눈물에 인색하다. 원시의 어느 부족은 족장의 눈물은 물론 죽어가는 모습도 보고 싶어 하지 않았다. 왜냐하면 그 집단의 자존심과 생명력, 에너지를 상징하는 족장이라는 존재가 힘을 잃고 사그라지는 것을 인정 하고 싶지 않기 때문이었다. 더군다나 눈물을 흘리는 족장이라니 상상할 수도 없는 일이었다. 힘을 잃어가는 지도자는 젊은 청년과 맞붙어 싸워 장렬하게 최후를 맞는 동시에 강하고 건강한 예비 족장에게 정권이 넘어가게 되었다.

그런 의미에서 대통령과 지도자의 눈물은 조심스러울 수밖에 없다. 그 눈물이 국민을 감동시킬 수 있는 것이라면 큰 가치가 있겠지만 본인에게 집중되어 감정적으로 흘리는 꼴이 될 때, 국민은 분노와 함께 냉정한 평가를 내리게 된다. 더군다나 신세 한탄 조의 '자기연민'에 겨운 눈물이라면 누군들 편안히 바라볼 수 있으랴.

우리나라의 경우도 예외는 아니다. 연예인 중에는 음주운전을 했는데 아니라고 발뺌을 하거나, 원정도박을 해놓고 뎅기열에 걸렸다며 병원에 입원하는 등 거짓으로 일관하다 방송금지처분을 받은 사례도 있고, 성폭행 사건에 연루된 연예인이 억울함을 호소하며 눈물을 흘린 경우도 있다.

그중 손에 꼽을만한 사건은 가수 유승준의 방송사고일 것이다. 1990년대 최고의 댄스 가수였던 그는 활동하는 내내 군 병역을 마치겠다고 공언을 했다. 공식적으로 기자회견을 한 것은 아닐지 몰라도 그의 입대는 기정사실로 되어 있었다. 하지만 유승준은 2002년 한국 국적을 포기하고 미국 시민권을 취득하면서 병역을 면제받게 되었다. 그 사실을 알게 된 국민의 비난 여론이 거세졌고 법무부는 그에게 입국 제한 조처를 내렸다. 이후 유승준은 한국으로 돌아올 수 없었다.

이 문제를 해결하려는 방안으로 그는 방송을 택했고 2015년 5월 27일 아프리카 TV에 출연하게 된다. 유승준은 카메라 앞에 무릎을 꿇고 눈물을 보이며 국민에게 거듭거듭 용서를 구했다. 그는 "입국 허가가 되고 (한국) 땅만 밟아도 좋겠다. 그게 제 솔직한 심정"이라고 했고, "지금이라도 (군대) 갈 생각이 있다", "아이들에게 떳떳한 아빠가 되고 싶다"라며 간절함을 표현했다.

하지만 예상치 못한 곳에서 문제가 터졌다. 클로징 인사까지 마친 후 카메라가 꺼졌다. 카메라가 꺼졌다고 생각한 그는 거친 욕설과 함께 막말을 내뱉었다. 그런데 꺼진 줄 알았던 마이크를 통해 그의 막말과 욕설이 네티즌들에게 그대로 노출이 되어버렸다. 마이크가 켜져 있는 것을 뒤늦게 확인한 스텝이 서둘러 껐지만, 소용이 없었다. 방송을 본 네티즌들은 유승준 사과의 진정성을 더욱 의심하게 되었고 더 해명의 기회도 진심을 전할 기회도 박탈당해버렸다.

진짜 눈물과 거짓 눈물을 구분할 수 있을까

사람들은 왜 진짜 눈물과 거짓 눈물에 관심이 많을까. 네이버 지식인에서 검색해보면 눈물을 분석한 제법 진지한 자료가 있다. 그중 '가짜 눈물과 진짜 눈물을 구분하는 법'에는 '눈물도 다 같은 눈물이 아니다'라는 전제를 깔고 있다.

"가짜 눈물은 왼쪽 눈부터 흐른다. 진짜로 슬퍼서 흘리는 눈물은 오른쪽 눈, 가짜로 울 때는 왼쪽 눈에서 나온다. 왜냐하면 오른쪽을 지배하는 것은 감성이고, 왼쪽은 이성이기 때문이다. 또한, 현미경으로 눈물을 관찰해보면 어떤 상황에서 눈물을 흘리느냐에 따라 다른 모양의 입자로 나타난다고 한다. 슬플 때, 찬바람 때문에, 양파를 까면서 흘리는 눈물의 결정체가 다른 것이다."

하지만 신경정신과 전문의 정찬승 박사는 눈물이 흐르는 방향이나 모양에 따라 진실 혹은 거짓 여부를 분석하기 어렵다는 결론을 내렸다. 그런 의미에서 눈물은 눈물로써 받아들이는 것이 옳다고 볼 수 있다.

거짓 눈물에 민감한 이유

눈물은 사람들의 눈에 보이는 것이기도 하고 자신의 슬픔을 과시할 수 있는 도구가 되기도 한다. 타인의 눈물에 의심스러운 시선을 보내는 것은 아주 옛날부터 인류의 뇌에 새겨진 위험 분별 신호에서 시작된 것일는지 모른다.

일상적이지는 않지만, 유난히 다른 사람의 눈물이 의심될 때가 있다. 선거 때가 되면 정치인들은 소외당하고 고통받는 이웃을 찾아가 눈물을 흘린다. 세월호 현장을 방문한 사회 저명인사가 유족의 손을 잡고 눈물을 흘리며 가슴으로 안아 주기도 한다. 사람들은 그들도 깊이 공감했을 것이라 생각하고 같이 울컥한다. 하지만 그들의 목적은 자신들의 활동을 과시하는 것이고, 인증 사진을 남기는 것이다. 현장에서 줄줄이 기념사진을 찍는 것을 본 사람들은 배신감과 실망감에 그들을 향했던 마음을 거두게 된다. 그 행동의 이면에는 거짓 눈물에 속아 넘어가지 않겠다는 생각이 깔려 있다.

역사적으로 보아도 앞에서 눈물을 흘리고 뒤통수를 치는 경험은 얼마나 많은가.

대표적인 사례로 '트로이의 목마'를 들 수 있을 것이다. 그리스군과 트로이군은 10여 년에 걸친 지루한 전쟁을 벌이고 있었다. 어느 날 그리스의 장군 오디세우스는 거대한 목마 하나만을 남기고 완전히 퇴각을 한다. 그 안에는 그리스의 정예 부대 30여 명이 있었지만 트로이군은 별다른 의심 없이 성안으로 목마를 갖고 들어간다. 깊은 밤 목마에서 나온 군인들이 트로이의 성문을 열었다. 매복하고 있던 그리스군은 전쟁에 이긴 것으로 착각해 마음껏 축제를 즐기고 잠들어 있는 트로이 사람들을 전멸시켰고 길었던 전쟁이 끝난다.

트로이 사람들 앞에서 오디세우스가 직접적인 눈물을 보이지는 않았지만 전쟁을 포기했다는 거짓 연기로 트로이를 속아 넘긴 것이었다. 이 사건의 교훈은 '혹 상대방이 약한 제스처나 눈물을 보이더라도 쉽게 믿지 말고 의심해보라'는 것일 터이다. 세상이 믿을만하지 못할 때일수록 사람들은 진정한 눈물을 원한다.

2

성별에 따른
교차 분석

마지막 울어본 때 교차표

구 분			\multicolumn{5}{c}{마지막 울어본 때}	전체
			1년 전	2년 전	3년 전	기억나지 않음	기타	
성별	남자	빈도	101	20	21	166	130	438
		성별의%	23.1	4.6	4.8	37.9	29.7	100.0
	여자	빈도	97	25	17	137	337	613
		성별의%	15.8	4.1	2.8	22.3	55.0	100.0
전체		빈도	198	45	38	303	467	1,051
		성별의%	18.8	4.3	3.6	28.8	44.4	100.0

분석: 성별로 본 남자와 여자의 '마지막 울어본' 경험 중 남녀 모두 기억이 나지 않을 만큼 오래전에 울었다는 응답이 28.8%로 높은 비율을 차지하고 있다. 아울러 여자의 경우는 기타 응답이 55%가 넘고 있는데 어떤 사연인지는 알 수 없다. 이것은 차후 심층 면접 등을 통해서 상세히 밝혀져야 할 것이다.

앙케트에 있는 내용 중 기타 의견으로 '이 불확실성의 시대에 가슴 아프고, 부조리하고 눈물 나는 일이 수없이 많겠지만, 감정은 감정일 뿐이지 해결책이 절대 아니니까 마음을 독하게 다스려 현실을 이겨보겠다는 생각으로 강하게 산다. 그러나 TV나 노래를 들을 때 울컥하는 눈물은 마음의 정화 또는 힐링일 수 있다'가 있었다. 한편 '눈물은 마음을 약하게 한다', '나이가 들수록 감정을 드러내지 않다 보니 눈물이 적어진다', '70세가 넘었는데 요즈음은 모든 게 감사해서 눈물 흘린 지 오래되었습니다' 등이 있었다.

여자의 55%가 마지막 울어본 때를 정확히 짚지 못한 것은 '눈물을 흘린다'는 기준이 좀 더 애매할 수 있다는 의미로 해석할 수 있을 것이다. 소리 없이 눈물만 글썽이는 정도에서 가슴을 치며 통곡하는 것까지 다양할 수 있기 때문이다.

위의 의견 중 '마음을 독하게 다스려 강하게 산다'라는 게 어떤 것인지 생각하게 된 일이 있었다. 그 사람은 52세의 공무원이었고 기술직이라 큰 문제를 일으키지 않으면 정년이 보장되어있다고 했다. 매사에 철저하고 치밀한 편이라 실수가 거의 없고 가장의 역할을 제대로 해낸다는 자부심도 있어 보였다. 그에게 불만이 있다면 왠지 사람들이 자신을 피하는 것 같다는 것이었다. 직장에서도 일과 관련된 경우 말고는 가능하면 피하려는 것 같고, 오랫동안 활동하고 있는 탁구동호회에서도 자신과는 짝이 되려고 하질 않았다. 점심시간이나 회식 자리에서도 자기 옆자리가 가장 나중에 채워지는 것 같았다. 집에 들어가도 마찬가지였다. 아내는 그에게 밥을 차려주긴 하지만 식탁에 같이 앉아 있지 않았고, 스무 살이 넘은 아들 둘은 집에 있어도 꾸벅 인사를 하고 방으로 들어가면 그만이었다. 뭐라고 꼭 집어 말할 수는 없지만 혼자 겉도는 것 같은 느낌이 영 불편했다.

어느 날 그는 식구들에게 영화를 보고 외식을 하자는 제안을 했다. 하지만 식구들의 반응은 시큰둥했다. 먼저 큰아들이 약속이 있다며 거절을 했고, 둘째는 집에서 쉬고 싶다며 자기 방으로 들어가 버렸다. 아내는 어쩔 수 없다는 듯 그에게 꼭 가고 싶으냐고 물었다. 그는 처음에는 당황스러웠지만, 참을 수 없는 분노가 올라왔고 자신도 모르게 식탁에 있던 접시를 바닥으로 내던져버렸다.

"내가 어떻게 살았는데. 나처럼 열심히 살아온 사람 있으면 나와 보라고 해. 너희가 누구 덕으로 먹고 살았는데…."

아내도 아들도 아무 말이 없었다. 그는 자신이 어떤 상태인지 모르고 있었다. 그가 악착같이, 힘을 다해 사는 동안 분명히 잃은 것이 있었다. 자신이 열심히 살아온 만큼 다른 사람에게도 그렇게 살아야 한다는 잣대를 들이대고 있었다. 모두 대강대강 사는 것 같고, 집안이나 밖이나 마음에 들지 않는 사람들뿐이었다. 자기라도 나서서 사람들을 바꿔주어야겠다고 생각을 했다.

부하직원이 실수라도 할라치면 문제의 원인부터 경과, 해결책까지 논리적으로 조리 있게 설명해 주었다. 몇 번이나 가르쳐줬는데도 같은 실수를 할 때는 인격적 모독도 마다하지 않았다.

"정신 좀 차려! 생각 좀 하고 살라고. 세상이 그렇게 만만한 줄 알아."

집에서도 마찬가지였다. 아내든 아이들이든 그의 레이더망에 걸리면 살아남지 못했다. 그의 아내가 말했다.

"남편은 지적하는 재미로 살아요. 하나도 마음에 드는 사람이 없어요. 밥도 차리고 싶지 않아요. 어쩔 수 없어 먹는 것처럼 툴툴거리고 맛없다고 할 게 뻔하니까요. 아이들도 아빠를 피해요. 누군들 끝없이 이이길 짓 같은 잔소리를 듣고 싶겠어요."

그를 가만히 지켜보면서 든 느낌은 '억울함'이었다. 이를 악물고 열심히 살았는데 왜 자신을 몰라주는가. 왜 다른 사람들은 '나처럼' 열심히 살지 않는가. 그의 영혼 깊은 곳에 있는 허망함과 외로움은 참고 참은 눈물이 뭉쳐진 마그마 덩어리 같았다.

누가 우스운 이야기를 해도 표정은 여전히 굳어 있었고, 말실수 한 번으로도 눈썹이 치켜 올라갔다. 누구도 그의 마음에 깊숙이 들어가기는 어려울 것이라는 생각이 들었다. 단지 권해주고픈 말 한마디는 이것이었다.

　"OO 씨, 어디 가서 실컷 울고 좀 와요."

언제 울고 싶나요? 교차표

구 분			언제 울고 싶나요?							전체
			억울할 때	맘대로 일이 안될 때	두려울 때	슬플 때	감동할 때	없음	기타	
성별	남자	빈도	96	49	8	150	82	29	21	435
		성별의%	22.1	11.3	1.8	34.5	18.9	6.7	4.8	100.0
	여자	빈도	231	98	21	176	47	18	21	612
		성별의%	37.7	16.0	3.4	28.8	7.7	2.9	3.4	100.0
전체		빈도	327	147	29	326	129	47	42	1,047
		성별의%	31.2	14.0	2.8	31.1	12.3	4.5	4.0	100.0

분석: 성별로 '언제 울고 싶나요?'를 살펴본 결과 남자는 '슬플 때'라는 답이 가장 많았으며 여자는 '억울할 때'라는 답이 많았다. 이것은 남존여비 사상이 강한 유교적 사회에서 여자들의 눈물은 억울함을 표현하는 방법으로 사용됐다는 의미로 받아들여진다. '외적인 눈물만이 눈물이 아니라 마음의 눈물도 눈물로 봐야 할 것이다.'

이외에 '감정이 북받칠 때 운다', '진심으로 모든 것을 풀고 싶을 때', '(상대방의) 진심을 읽을 때 눈물이 난다', '특별히 울 일이 없지만 감동 받을 때 가장 눈물이 많이 난다', '피 같은 눈물(진심이 담겨있다)', '우울할 때', '응어리진 마음을 해소할 수 있는 것', '언제든지 울고 싶을 땐 (드라마를 보며) 운다' 등이 있었다.

울고 싶을 때를 물어보는 질문에서는 감정, 진심, 감동, 해소 등 느낌을 표현하는 낱말이 나왔고, 자신을 돌아보고 상대방과 교류할 수 있는 도구로 생각하고 있었다. 이 질문에 대한 답에서도 남녀의 차이가 크게 드러나고 있었다. 슬픈 것과 억울한 것은 매우 다른 감정을 표현하는 것이기 때문이다. 슬픔은 자신 안에 집중이 되어 있는 정서이고, 억울한 것은 외부의 대상에 원인이 있을 가능성이 높다. 조선 시대로 대표되는 우리나라 유교의 역사와 닿아 있는 부분이기도 하다. 풀지 못하고 억울하게 고인 눈물이 모여 한이 되었다고 해석할 수 있을 것이다.

한편으로 보면 여자는 태어날 때부터 남자와 정서가 다르고 성장 환경과 성차별, 사회적 인식 등에 따라 억울한 감정을 느낄 수 있을 것이다. 여자들의 특성 중 하나는 "나 자신보다 다른 사람들을 기쁘게 해 주고 싶다"라는 데 있다. 그 부분이 만족스럽지 않았을 때 사소한 것에 더 매이게 되고 자책감도 크게 느껴질 수 있을 것이다.

눈물에 대한 한국인 특유의 정서를 드러내는 표현은 거의 본능적인 것 같다. 외국 시나 동화를 보면 새는 지저귀거나 노래한다고 한다. 우리나라 사람에게 익숙한 표현은 새가 우는 것이다. 눈물 어린 눈으로 보면 온통 우는 것 투성이다. '내 마음을 알아 주는 듯' 비가 울며 내리고, '너무나 짧은 생을 슬퍼하는 것처럼' 매미도 운다. 뒤란에는 대나무가 서로 몸을 부대끼며 울고, 낙엽조차 서걱서걱 마른 눈물을 흘린다.

이처럼 눈물이 많은 민족도 드물 것 같다. 그에 못지않게 눈물을 억압하는 면도 강하다. 전통적으로 유교의 뿌리가 강한 우리나라는 "남자는 평생 세 번만 울어야 한다"는 것이 하나의 지침이 될 정도로 눈물에 인색하다. 심지어 사랑하는 부모와 자식과 아내, 친구를 잃었을 때도 겉으로 우는 것이 아니라 속으로 눈물을 삼켜야만 했다. 오죽하면 양반집에 상이 났을 때 대신 울어주는 노비가 있었을까.

현대인은 대신해서 울어 줄 대상을 찾는지도 모른다. 드라마 주인공이 대신 울어주고, 가수가 처절하게 울면서 노래하고 우리는 그것을 구경함으로써 감정의 낭비 없이 슬픔을 발산할 수 있는 것이다.

문정희 시인의 「곡비(哭婢)」에는 '이 세상 가장 슬픈 사람들의 울음'을 '까무러치게 대신 울어대는' 여종이 등장한다. 그녀의 울음소리에 이승을 떠나지 못하고 머뭇거리던 영혼이 제 갈 길을 찾아가고, 산 사람은 또 세상에 머물 수 있는 자리를 찾는다.

울음은 살아 있는 사람을 위한 것이다. 죽음 앞에서의 울음도 결국은 산 사람이 죽은 사람과의 이별을 받아들이고 수용하여 다시 살아갈 수 있는 힘을 얻는 과정 중 하나인 것이다.

울지 못하더라도 신체는 그 현상을 느낄 수 있다. 우울한 기분, 울고 싶은 기분을 참고 있을 때 우리 몸의 기능은 가장 약한 상태로 다운이 된다. 그 상태를 방관하면 몸으로 나타나기 시작한다. 머리가 아프기도 하고, 어디라고 딱 짚어 얘기할 수 없을 만큼 여기저기가 쑤실 때도 있고, 손가락 하나 까딱하기 힘들 정도로 무기력해지기도 한다.

정도에 따라 다르긴 하겠지만 저 상태와 감정이 우울 모드인 것은 분명하다. 흔히 우울증을 '마음의 감기'라 하여 가볍게 넘기는 경향이 있으나 너무 오래 지속되거나 증상이 심해지면 자살로 이어질 만큼 심각한 질환이다. 그렇다고 해서 우울함이나 슬픈 감정을 무작정 퇴치해야할 것으로만 볼 것은 아니라고 생각한다.

우울의 과정을 거쳐 본 사람은 다른 사람의 슬픔을 알아보는 능력이 생긴다. 그런 사람에게는 남을 받아들일 수 있는 여유가 있고 깊은 공감으로 위로를 주고받는 게 수월해진다.

반면 항상 흥분되어 있거나 모든 게 만족스럽고 감사하여 우울할 새가 없는 사람도 있을 것이다. 초 긍정 마인드로 남들보다 몇 배는 더 활력이 넘치는 사람이 있다. 그는 자신의 보조에 발을 맞추지 못하는 사람을 전혀 이해하지 못한다. 혹 실패를 하거나 어려운 일을 당해도 얼마 지나지 않아 툭툭 털고 일어나버린다.

주위 사람들 또한 그의 놀라운 회복력과 상처받지 않는 능력에 놀라움을 표하게 된다. 하지만 자신이 힘든 일을 겪는 상황이거나 슬픔에 잠겨 있을 때는 그 사람과 함께 있는 것이 어렵고 힘이 든다. 우울해 하는 자신이 뭔가 열등하고 수치스럽게 느껴질 수 있기 때문이다. 가장 큰 위로는 비슷한 일을 당한 사람으로부터 받을 수 있는 것이다. 사람들은 햇빛처럼 밝고 건강한 에너지로 차 있는 사람을 좋아하지만, 그에게 가서 깃들 수 있는 그늘도 원한다. 밝음만 있는 줄 알았던 사람에게 부드러운 그늘이 있는 것을 알게 됐을 때 내심 안도하며 그에게 마음을 열고 다가갈 수 있는 것이 아닐까.

울고 싶을 때 어떻게 하나요? 교차표

구 분			울고 싶을 때 어떻게 하나요?						전체
			그 자리에서 울음	외면	다른 일에 집중	친구와 솔직한 대화	술마심	기타	
성별	남자	빈도	135	60	74	29	75	58	431
		성별의%	31.3	13.9	17.2	6.7	17.4	13.5	100.0
	여자	빈도	270	69	90	63	32	85	609
		성별의%	44.3	11.3	14.8	10.3	5.3	14.0	100.0
전체		빈도	405	129	164	92	107	143	1,040
		성별의%	38.9	12.4	15.8	8.8	10.3	13.8	100.0

분석: 성별로 '울고 싶을 때는 어떻게 하나요?'라는 질문을 했을 때 남자와 여자 모두 '그 자리에서 운다'는 답변이 제일 많았다. 그다음으로 남자는 '술을 마신다'는 답변이 많아 남자의 경우는 술을 마심으로 여자는 다른 일에 집중함으로써 울고 싶은 감정을 대신하는 것으로 나타났다.

이외에 울고 싶을 때는 '실컷 울고 나면 마음이 후련하다', '카타르시스다', '요즘엔 눈물도 웃음도 없는 시대 같습니다. 자신의 감정을 솔직하게 드러내는 것도 필요한 것 같아요', '눈물을 참으며 오히려 병이 나는 것 같다', '눈물을 흘리면 당시에는 창피하지만 홀가분한 느낌이 들어서 어떨 때는 일부러 울기도 합니다', '눈물을 흘린다는 것은 자신의 감정을 해소하는 중요한 방법이 될 수 있다고 생각함. 울 줄 아는 사람이 멋짐'으로 눈물에 대한 긍정적인 생각을 드러내는 응답자도 있었다.

안타까운 부분은 '친구와 솔직한 대화' 항목으로 남 6.7%, 여자 8.8%의 비중밖에 되지 않아 자신의 마음을 털어놓을 대상으로 미미하다는 것이다. 자기를 잘 알아주는 친한 친구로서 지기지우(知己之友)까지는 바라지 않더라도 친구에게 기대가 가장 적다는 것이 삭막한 세태의 한 측면인 듯싶어 아쉬웠다.

전철을 타보면 종종 신기하게 보이는 분들을 만나게 된다. 우연히 옆자리에 앉은 승객과 별별 얘기를 다 하는 것이다. 아들네가 손자를 낳았고 그 아이가 얼마나 사랑스럽고 똑똑한지 자랑도 하고 며느리 흉도 본다. 30분 만에 고향과 성장 과정, 젊어서 고생한 얘기, 동네 사람 얘기까지 돌아 나오는 것이다.

내가 아는 택시기사님 한 분은 본인을 일컬어 '즉석 상담사'라고 했다. 어떤 경우 차를 타고나서 조금 있으면 "휴" 하는 한숨이 나오고 이어 신세 한탄이나 자식이 속 썩이는 얘기를 줄줄이 꺼내놓는다. 장거리일 때는 웬만큼 속이 후련해졌는지 개운한 표정으로 내린다고 한다. 묻지도 않는 얘기를 술술 풀어놓는 사람들을 볼 때면 사람들이 얼마나 자기 마음을 털어놓고 싶어 하는지 생각하게 된다고 했다.

전철이나 택시에서 처음 보는 사람에게 깊은 얘기를 털어놓는 사람들은 다시는 만날 가능성이 없기 때문에 오히려 편하게 얘기를 하는 것일 터이다. 모르는 사람에게 힘든 얘기를 털어놓던 사람도 사회적인 관계나 그저 알고만 지내는 사람 앞에서는 슬픔의 강도를 줄인다. 자신의 슬픔을 알아주었으면 하는 바람 때문에 고백했던 것이 나중에 불편하고 불리한 약점이 될 수 있기 때문이다. 깊은 우정을 나눈 친구만이 깊은 슬픔도 함께 나눌 수 있다.

나의 아버지께서 돌아가셨을 때였다. 어머니와는 달리 오래 편찮으셨기도 했고, 마음의 준비를 해서인가 장례 기간 내내 비교적 차분한 태도를 유지할 수 있었다. 그런데 가까운 친구 하나가 방에 들어와 아무 말 없이 나를 껴안았다. 그때 갑자기 슬픔이 북받쳐 올랐고 이제는 완전히 혼자가 되었다는 것이 실감이 났다. 나는 아버지가 돌아가신 후 처음으로 흐느껴 울었다. 친구를 보면서 말로 설명하지 않아도 아버지에 대한 원망과 미움, 안타까움 등 아쉬운 감정이 한꺼번에 올라오는 것을 느낄 수 있었다. 그 경험으로 나를 진정으로 알고 있는 사람에게는 굳이 내 감정을 설명할 필요가 없다는 것을 알게 되었다.

애덤 스미스는 우정의 소중함을 역설하면서 가까운 친구가 곁에 있다면, 내 슬픔이 없어질 수도 있다고 말한다. 예수님도 12제자 모두와 내면의 슬픔을 나누지는 않았다. 베드로와 야고보, 요한은 예수님의 제자이자 진정한 슬픔을 나눌 수 있는 친구였다.

아이나 여자가 남자 성인보다 강하다고 한다면, 눈물을 흘리고 울음을 터뜨림으로써 스스로 상대의 마음속에 맺힌 응어리를 해소할 수 있기 때문일 것이다.

하지만 어찌 된 일인지 요즘에는 아이들의 울음소리를 듣기가 쉽지 않다. 텔레비전 프로그램에 나오는 아이들은 웃고, 노래하고, 재롱을 떤다. 유튜브에 올리는 아기들 또한 환하고 기분 좋은 얼굴이다. 어쩌다 우는 모습이 나와도 '양념 삼아' 잠깐이다. 육아를 하는 부모도 그렇다. 아이가 우는 것이 당연할 때도 먹을 거나 장난감으로 시선을 돌리게 한다. 가뜩이나 피곤한 세상에 아이의 울음소리까지 더하게 할 수 있느냐는 것 같다. 그러고 보면 태어나서 죽을 때까지 딱 한 시절 마음껏 울 수 있는 시기를 뺏는 것 같기도 하다. 부모 앞에서 마음껏 울고 웃는 아기가 건강한 감정을 학습하고 풍부한 감성을 지닌 사람으로 성장할 것이다.

100세 시대를 넘어 120세를 지향하는 현대인에게 수명연장은 그리 매력적이지 않은 조건이기도 하다. 하지만 '건강하게'라는 말이 들어가면 그 의미가 달라진다. 건강하게 오래 살 수 있다면 120세를 더하든 덜하든 누가 마다하겠는가. 건강하고 즐겁게 살아가기 위해서는 풍부한 감정이 살아 있어야 한다. 생동감이야말로 가장 큰 생명력의 표현이고 그것은 자신의 감정을 이해하고 표현하는 것으로부터 나오게 되어 있다.

울 수 없는 이유 교차표

구 분			울 수 없는 이유?							전체
			약해 보여서	대안이 없어서	장소가 없어서	내 상처를 알까봐	스스로 참아서	사회적 위신	기타	
성별	남자	빈도	81	38	16	31	157	14	49	386
		성별의%	21.0	9.8	4.1	8.0	40.7	3.6	12.7	100.0
	여자	빈도	105	44	60	58	176	9	55	507
		성별의%	20.7	8.7	11.8	11.4	34.7	1.8	10.8	100.0
전체		빈도	186	82	76	89	333	23	104	893
		성별의%	20.8	9.2	8.5	10.0	37.3	2.6	11.6	100.0

분석: 성별로 '울 수 없는 이유?'는 남자와 여자 모두 '스스로 참아서'라는 답변이 제일 많았다. 그러나 유의도 .001 수준에서 통계적으로 유의미하다고는 볼 수 없는 무의미한 것으로 나타났다. 따라서 성별과 울 수 없는 이유에서는 관계가 없는 것으로 처리되었다.

'울기가 힘든 것 같다'는 표현에서는 '울고 싶어도 어렵다', '가끔은 속 시원하게 우는 것이 정신건강에 좋다. 하지만 참는 게 익숙해지니 눈물이 잘 나오지 않는다', '운다고 모든 일이 해결될 수는 없으니…', '울고 싶습니다', '눈물 흘리고 싶다'라고 답을 한 사람들이 있었다.

못 우는 이유로는 단순하게 판단할 수 없는 측면이 있다. 남녀 공히 '스스로 참아서'가 37.3%, '약해 보여서'라는 답이 20.8%로 나왔다. 어렸을 때 싸움깨나 한 사람은 알고 있을 것이다. 누가 졌는가 하는 기준은 코피가 터졌거나 눈에 띄게 상처를 입었을 때, 상대방이 전의를 잃었을 때, 또 하나는 울음을 터뜨렸을 때다. 상대방 앞에서 눈물을 보인 사람은 두말없이 그의 아래 서열로 들어가게 되어 있는 것이다.

울고 난 후의 느낌 교차표

구 분			울고 난 후의 느낌						전체
			시원	창피	기분 좋아짐	쑥스러움	마음 편해짐	기타	
성별	남자	빈도	137	31	32	32	106	96	434
		성별의%	31.6	7.1	7.4	7.4	24.4	22.1	100.0
	여자	빈도	244	37	33	35	181	80	610
		성별의%	40.0	6.1	5.4	5.7	29.7	13.1	100.0
전체		빈도	381	68	65	67	287	176	1,044
		성별의%	36.5	6.5	6.2	6.4	27.5	16.9	100.0

분석 : 성별로 '울고 난 후의 느낌'은 남자와 여자 모두 시원하고 마음이 편하다는 답을 하여 공통적인 모습을 보여주고 있다. 이것은 울음의 기본적인 역할이라고 볼 수 있다.

심리학자들이 '다이애나 효과'라고 한 현상이 있다. 영국의 다이애나 왕세자비가 교통사고로 사망하던 해 영국에는 우울증 환자가 반으로 감소했다고 한다. 다이애나의 죽음을 계기로 시작된 울음이 오래 묵은 스트레스와 좋지 않은 감정들을 씻어주었기 때문이다. 무엇때문에 울기 시작했든 기분이 개운해지면서 몸과 마음이 건강해지는 효과는 같다.

울고 난 후에 기분이 개운해지는 이유는 눈물에는 카테콜아민(Catecholamine)이라는 호르몬이 들어 있기 때문이라고 한다. 이 성분은 스트레스를 받으면 늘어나는데, 눈물을 통해 배출되는 특성을 갖고 있다. 실컷 울고 나면 마음이 진정되고 시원해지는 느낌이 드는 이유가 여기에 있는 것이다. 하지만 우리가 살고 있는 현실은 울 수 있는 곳이 흔하지 않다. 벽이나 천정을 사이에 두고 소리가 오가는 도시의 아파트나 주택에서는 큰 소리로 울기도 힘들다. 직장이나 거리나, 극장, 공원 역시 마찬가지다. 울 곳이 없는 사회가 건강하기는 어려울 것이다.

나는 진정한 눈물 뒤에 진정한 웃음이 있다고 믿는다. 웃음 치료법을 전파한 한광일, 김선호 씨는 "억지로라도 웃어라. 웃다 보면 웃을 일이 생긴다"가 모토였다. 하지만 시간이 지나면서 억지로 웃는 사람들 안에 눈물이 있다는 것을 알게 되었다. 이후 그는 웃음 치료 프로그램 안에 울 수 있는 시간을 넣었다. 일단 웃음으로 시작한 사람의 웃음과 깊은 울음을 울고 난 후의 웃음은 너무나 다른 질적 차이를 보였다고 한다. 카타르시스가 되고 진정한 화해가 된 사람의 웃음 속에는 평온과 기쁨이 있었고 무엇보다 다음 단계로 나갈 힘을 얻는 것이 보였다고 한다.

개인적인 경험으로써 '억지 웃음'의 효과에 의문이 생긴 사례가 있다. 어느 날 우연히 유튜브에서 아기의 배를 간질러 웃음을 터뜨리게 하는 영상을 보게 되었다. 아기 아빠는 두 팔을 크게 벌려 괴물 흉내를 냈고, "우웅웅"소리를 내며 아기에게 다가가 가슴과 겨드랑이를 간질렀다. 아기는 조마조마한 듯 흥분한 소리를 내며 두 눈을 크게 뜨고 아빠를 보고 있었다. 아빠가 간지를 때마다 거의 비명에 가까운 웃음소리를 내고 있었는데, 혹여 경기라도 일으킬까 걱정이 되었다. 그 웃음은 아기에게 과연 얼마나 좋은 영향을 미치고 있을까. 나만 그런 느낌이 아니었는지 영상 아래쪽 댓글에는 아빠의 행동을 우려하는 말이 많았다. 나는 억지로 웃는 사회, 웃음을 강요하는 사회가 건강하다고 생각하지 않는다.

눈물을 흘리는 것이 좋은 치료법?
교차표

구 분			눈물을 흘리는 것이 좋은 치료법?				전체
			그렇다	아니다	때에 따라 다르다	모르겠다	
성별	남자	빈도	180	44	142	70	436
		성별의%	41.3	10.1	32.6	16.1	100.0
	여자	빈도	262	48	252	50	612
		성별의%	42.8	7.8	41.2	8.2	100.0
전체		빈도	442	92	394	120	1,048
		성별의%	42.2	8.8	37.6	11.5	100.0

분석: 남자와 여자 모두 '눈물을 흘리는 것이 좋은 치료법'이라고 답하고 있으며 때로는 아닐 수도 있다는 답변이 공통으로 나왔다. 이것은 우리 사회에서 눈물을 흘리는 것이 좋은 치유의 과정이라는 것이 입증되었다.

이외에 '눈물을 흘리는 것은 감정이 살아 있다는 뜻이다. 그러므로 눈물을 흘리는 것은 결코 지질한 것도 그 어느 나쁜 것도 아니다. 가식적인 눈물도 있어선 안 되겠지만 눈물은 우리 마음에 공감할 수 있는 작은 수단이다', '눈물은 내면의 감정과 표현의 의미도 있고, 따라서 제2의 삶의 모토, 또는 교훈도 될 수 있다고 봅니다', '눈의 건강을 위해 눈물 흘리는 것이 중요하다고 생각함'이라는 답이 있었다.

눈물이 좋은 치료법이라고 한 비율이 42.2%인데 '아니다'가 8.8%, '때에 따라 다르다'는 37.6%로 두 가지 반응을 합하면 46.4%이다. 이는 사람들이 '우는 것' 자체에 복잡한 느낌이 들게 된다는 것을 의미하는 것으로 보인다. 간단해 보이는 울음이지만 그 안에 '왜 우는가?', '울면 뭐가 달라지는데?', '변화하지 않고 반복적이라면 의미가 없는 거 아닌가?' 하는 질문이 숨어 있는 것이다.

눈물의 의미와 가치에 의문을 품게 되는 일은 '반복성'에 있을 것이다. 우는 것에 너무 집중하다 보면 감정의 발산에만 매몰되고 그걸로 끝나버리기도 한다. 어떤 사람이 잘못을 뉘우쳤다며 눈물을 펑펑 흘리고 언제 그랬냐는 듯 같은 잘못을 저지르고 있는 것을 본다면 진실을 의심할 수밖에 없을 것이다. '운다', '눈물을 흘린다'라는 것은 응축된 감정의 표현으로 울음 자체로 끝나버리면 눈물을 흘린 사람에게 큰 의미가 없다.

내가 흘린 눈물이 이후의 삶을 완전히 바꿀 수 있었던 것도 '깨달음'이 있었기 때문이었다. 슬픔이 목젖까지 차올랐지만, 본능적으로 사람이 있는 데서 울면 안 되는 것을 알았고 나만의 공간으로 숨어들어갔다. 그 안에서 설움과 우울, 미래에 대한 막막함, 열등감 등으로 뭉쳐 있던 감정이 거대한 에너지로 터져 나온 것이었다. 어머니가 돌아가신 후 몇 년 동안 참고 있던 감정이 해일처럼 몰려왔고, 미처 생각하지 못한 것까지 더해져 단 한 번에 바닥까지 뒤집어엎었다.

앙케트에 나타난 또 다른 의견으로 '눈물은 양날의 검과 같다', '때와 장소, 같이 있는 인물 등 환경에 따라 효과나 영향의 정도가 다르다', '가식적인, 진정성이 없다고 느껴질 때가 많다. 진심으로 상대방을 알기 전에는 자신의 내면을 감추면서 운다는 생각', '눈물이 때로는 극적인 효과는 있지만 너무 잦은 눈물은 위화감을 줄 수 있다', '건강한 눈물은 감정해소에 도움, 그러나 업무상황에서 눈물을 보이는 것은 바람직하지 못하다고 생각함', '눈물은 감정의 소통이 있는 관계, 친밀한 관계에서나 사회적 관계가 없는 단독의 혼자인 상태에서만 의미가 있는 것으로 생각됨. 사회적 관계에서는 적정하고 합리적인 언행이 신뢰를 줌. 합리성 없는 감정적인 눈물은 지양되어야 한다고 생각함. 다만, 충분한 공감과 이해가 형성된 사적인 관계에서는 소통이라는 측면에서 매우 긍정적이라고 생각된다'라는 의견이 있었다.

눈물을 흘리는 것이 약점이나 단점이 될 수 있는 대표적인 곳은 직장이다. 일자리를 준다, 혹은 직장을 얻었다는 것은 '급여'를 받는다는 뜻이고 개인적인 능력과 시간을 투자하여 수익과 성과를 내라는 것이 전제로 되어 있다. 고용자는 직원이 자신이 제시하는 목표를 마땅히 이루어내기를 기대한다. 개인의 감성이 유용하고 업무에 도움이 될 수도 있겠지만 공적인 자리에서 자신의 감정을 드러내어 눈물을 흘릴 때 불편하고 낯설게 느껴지는 것이다. 직장에서 '잘 우는', '자주 우는' 사람은 여간해서 능력을 인정받기 어렵다.

언제 크게 울어 보았나? 교차표

구 분			언제 울어 보았나?						전체
			10대	20-30대	40-50대	60-70대	80대 이상	기타	
성별	남자	빈도	181	189	50	6	2	0	428
		성별의%	42.3	44.2	11.7	1.4	0.5	0.0	100.0
	여자	빈도	172	262	114	41	10	1	600
		성별의%	28.7	43.7	19.0	6.8	1.7	0.2	100.0
전체		빈도	353	451	164	47	12	1	1,028
		성별의%	34.3	43.9	16.0	4.6	1.2	0.1	100.0

분석: 남자와 여자 모두 20-30대에 크게 울어보았다는 공통된 결과가 나왔다. 이것은 취업과 결혼 등 인생의 전환점에서 울게 되는 경우가 남자와 여자 모두 많은 것으로 보인다.

　이외에 '울기가 힘든 것 같다(울고 싶어도 어렵다)', '눈물은 자신의 상황과 느낌을 표현하는 방법 혹은 수단의 하나지만, 다른 방법과 수단과는 달리 스스로 통제하기가 어렵다'라는 의견으로 실제 우는 방법을 잘 모르고 당황스러워하는 면이 드러나고 있다.

　울음에도 방법론이 있을까? 사실 '울 만한 일에 우는 것'은 별다른 방법이 필요 없다.

　이른 아침 동네의 작은 카페를 지나오는데 금방 커피를 내렸는지 실내에서 은은한 커피향이 풍겨 나온다. 초가을 바람이 선뜩 뒷덜미를 스치고 곧 다가올 겨울이 스산하다. 그때 문득 들여오는 익숙한 노랫소리, 순간적으로 잊고 있는 기억이 떠오른다. 그 사람은 가족 중 한 명일 수도 있고, 몸이나 마음이 부드럽고 서툴렀던 시기의 연인이기도 하다. 지금의 자신을 돌아보니 참 많이도 왔다. 코끼리 발바닥처럼 무겁고 질기게 살아온 생이 보인다. 가슴 깊숙한 곳을 무언가가 툭 건드리고 지나간다. 눈물이 고이고 콧잔등이 찡해지며 목울대가 뻣뻣해진다. 어떤 사람은 그 현상을 마치 감전이 된 것 같다고 했다.

　눈물은 예상치 못한 곳에 숨어 있다. 우연한 기회에 집단상담 프로그램에 참여한 적이 있었다. 어느 날 진행자가 다음 시간까지 자신에게 의미가 있는 소품이나 사진을 하나씩 가져와 그것에 얽힌 이야기를 하라는 숙제를 내주었다. 내게 의미 있는 물건은 어머니가 점심을 싸주시곤 했던 양은도시락이었다.

다음 시간 여덟 명의 참여자들이 모두 다른 것을 가져왔다. 자신이 즐겨들었던 노래를 가져온 사람도 있었고, 베개, 작은 조약돌, 찐빵, 바나나우유 등 물건으로 가져온 사람들과 잔잔한 꽃무늬가 새겨진 여자 한복 사진, 두툼한 옛날 털신 사진, 초가집 툇마루에 햇빛이 걸린 사진을 들고 온 사람도 있었다.

한 명씩 돌아가면서 가져온 것에 대한 이야기를 하고 나머지 구성원들의 느낌을 나누는 시간이 되었다. 먼저 바나나우유를 가져 온 참여자가 이야기를 시작했다.

"이 우유를 보면 묘한 기분이 들어요. 슬프기도 하고 기쁘기도 하고, 어둑한 방안이 떠오르기도 하고. 나는 다섯 남매 중 맏이였어요. 가난한 살림이다 보니 부모님이 얼마나 정신없이 열심히 살았는지 몰라요. 내 별명은 꼬마 엄마였는데 초등학교 3학년 때부터 동생 넷에 집안 살림에 어른 몫을 다 해내다시피 했어요.… 어느 날 저녁 열이 심하게 나고 어지러워서 꼼짝도 할 수 없었어요. 그래도 밥을 해놓지 않으면 엄마한테 혼날까 봐 억지로 쌀을 씻어서 연탄불에 올려놓았어요.… 밥통에 밥을 퍼 놓고 쓰러지다시피 누워 있는데 엄마가 돌아오

셨죠. 엄마는 누워 있는 저를 보고 동생들 밥을 안 먹이고 뭐 하는 거냐고 야단을 쳤어요. 나는 일단 밥부터 차리기 시작했죠. 나중에야 열이 펄펄 끓는 제 이마를 만져 본 엄마가 아이고 말이라도 하지 어쩌고 하시더니 밖으로 나가셨어요. 그리고 사 온 게 감기약하고 바나나우유였죠. 그때 처음으로 바나나우유를 먹어본 거예요.… 그저 야단만 치고 드세다고 생각했던 어머니의 눈물을 본 것도 처음이고요.”

담담하게 시작했던 그 사람의 목소리가 얼마 지나지 않아 떨리기 시작했고 목이 메어오는지 말을 잇지 못했다. 다른 사람의 발표도 마찬가지였다.

여자 한복 사진을 가져온 사람은 교통사고로 반신불수가 되어 있는 친정어머니가 가장 젊고 아름다웠을 때를, 조약돌은 아버지가 모는 자전거를 타고 바닷가에서 놀다 온 기억을 얘기했다. 그중에도 음악은 가장 강력한 최루 도구였다.

그렇게 두 시간에 걸쳐 통곡을 한 사람도 있었고 말없이 고개만 떨구고 있는 사람도 보였다. 하지만 다들 알 수 없고 충만한 느낌에 압도되었는지 사뭇 진지하게 시간을 보냈다.

상담시간이 지나고 누군가가 소리를 쳤다. “아휴, 배고파!” 그러자 모두들 공감이 된다며 웃었다. 울고 나면 배가 고파지는 것은 당연한 일이다. 감정뿐만 아니라 장운동까지 되면서 온몸의 신진대사가 일어나기 때문이다. 더불어 눈물의 분비로 노폐물이 배출되고 혈액순

환이 원활하게 일어나므로 피부 톤도 좋아진다.

눈물에는 강력한 전염성이 있다. 웃음에도 전염성이 있지만, 그저 웃고 발산하는 것으로 끝나기 쉽다. 함께 웃었다고 특별히 친밀함이 더해지거나 서로를 알게 되었다는 생각을 하게 되는 경우는 드물어 보인다. 하지만 함께 눈물 흘리고 공감해 준 사람끼리는 보이지 않는 끈끈한 감정의 선이 생기기 시작한다. 마치 청국장을 띄울 때 콩에서 가느다란 실이 나오는 것처럼…. 그렇게 이어진 관계가 숙성되면 사람의 마음과 몸을 건강하게 하는 새로운 물질이 생겨날 수 있을 것이다.

울고 있는 사람을 볼 때
어떻게 하나? 교차표

구 분			울고 있는 사람을 볼 때 어떻게 하나?					전체
			참는다	공감만 한다	눈물이 난다	일부러 외면한다	기타	
성별	남자	빈도	29	211	99	58	38	435
		성별의%	6.7	48.5	22.8	13.3	8.7	100.0
	여자	빈도	23	214	295	35	43	610
		성별의%	3.8	35.1	48.4	5.7	7.0	100.0
전체		빈도	52	425	394	93	81	1,045
		성별의%	5.0	40.7	37.7	8.9	7.8	100.0

분석: '울고 있는 사람을 볼 때 어떻게 하나?'에서는 남자는 공감만 하고 여자는 같이 눈물을 흘리는 것으로 조사되었다. 이것은 남자는 겉으로 드러내지 않고, 여자는 같이 동화되어 울어 주는 것으로 보인다.

미하엘 엔데의 『모모』라는 소설이 있다. 모모는 나이를 알 수 없는 소녀다. 일곱 살 정도로 된 것 같지만 자기도 나이를 잘 모른다고 한다. 그 아이는 다른 사람의 말을 들어주는 재주를 가지고 있다. 모모는 온 마음을 기울여 조용히 상대방의 이야기를 들었다. 아무리 마음을 꽁꽁 닫고 입을 꾹 다물고 있던 사람도 속마음을 모두 털어놓고 속 시원히 돌아가도록 하는 일은 그 아이의 특기였다. 하지만 회색 신사들이 나타나고, 사람들은 돈을 벌고 목표를 이루기 위해 모모를 떠났다. 회색 신사는 목표를 위해서는 '필요 없는 것'에 시간을 낭비하면 안 된다고 한다. 친구를 만나고, 가족과 한가한 시간을 보내고, 이웃과 이런저런 수다를 떠는 모든 것이 낭비인 것이다. 사람들은 웃음도, 눈물도 잃어버렸다. 삭막하고 슬픈 회색도시가 된 것이다.

'회색 신사'들은 현대인의 표본이다. 모두 똑같은 옷을 입고, 같은 일을 하며 한 치의 오차도 없이 시간을 계산하며 도시를 누비고 다닌다. 그들에게는 감정이 없다. 그렇기 때문에 이야기를 나누고 나면 공허하고 추운 느낌이 든다.

우리 또한 그렇지 않은가. 장애물을 피하듯 상대방에게 거부감을 주지 않을 내용을 빼고 얘기해야 할 때나, 시종 비위를 맞춰주는 말을 하고 나면 씁쓸하고 외로워진다.

현대인에게 모모처럼 이야기를 들어주는 존재는 누구일까?

요즘처럼 '경청'과 '공감'이 강조되는 시대는 없었던 것 같다. 가정과 직장, 사회생활에서 진심으로 상대방의 말을 경청하고 공감하겠다는, 하고 있다는 말이 남발된다. 실제로는 가족과 친구, 이웃에게 더 이상 진실한 마음을 털어놓지 않는다. 이와 관련한 현상으로 언제부터인가 자신이 살고 있는 공간을 개방하지 않는 것을 들 수 있다. 집들이를 해도 바깥에서 식사하고 모델하우스처럼 꾸며놓은 집에서 차 한 잔 가볍게 하고 가는 경우가 많다고 한다. 사람들은 이제 보이는 그대로 소통하지 않는다. SNS와 페이스북은 보여주고 싶은 만큼만, 자신을 연출할 수 있는 만큼만 공개된 장이다. 그런 의미에서 TV의 리얼 프로그램이 인기를 끄는 이유를 짐작해볼 수 있을 것이다. 어느 정도 연출이 있긴 하겠지만 출연자들은 자신의 집안을, 일상을, 먹고사는 것을 그대로 보여준다. 시청자는 출연하는 아이들의 재롱을 보며 즐거워하고, 저들도 내가 사는 것과 별 다를 바 없구나 하는 안도감을 느낀다. 자연과 함께 하는 리얼 프로그램에서 밥을 먹기 위해 몇 시간에 걸쳐서 하는 노동을 보며 자신은 어떨까 대입시켜 보기도 한다.

진정한 공감이란 어떤 것일까

상대방의 감정에 공감할 수 있는 가장 큰 조건은 '나와의 상관성'이다. 평소 가깝게 지내던 사람이 로또복권에 당첨됐다면 크게 공감하고 기뻐해 줄 수 있을까. 아마 대부분 사람은 갑작스러운 시기심을 느끼고, 그런 감정이 들었다는 것에 당황스러워할 것이다. 역으로 잘 알지 못하는 사람일지라도 예상치 못한 사고로 일어난 슬픔에는 쉽게 공감해줄 수 있다. 자식을 잃은 사람은 같은 일을 당한 사람의 눈빛만 봐도 위로를 받는다. 일반적으로 상대방이 기쁨의 요소가 작을수록, 슬픔의 크기가 클수록 쉽게 공감하는 경향이 있다고 한다.

아무리 친밀한 사람이라도 상대방이 느끼는 슬픔에 비교하면 턱없이 얕은 슬픔밖에 못 느낀다. 기껏해야 상대방이 자신의 불행한 일들에 대해 얘기할 때, 진지한 태도로 함께 눈물을 흘리거나 어깨를 감싸 안아주는 정도밖에 할 수 없을 것이다.

그런데도 불구하고 큰 의미가 있는 것은 '그 옆에 있어 주었다'라는 이유 때문이다. 다른 사람의 어려움이나 괴로움에 100% 공감할 수도 없을뿐더러 만나는 상황이나 사건마다 그렇게 깊이 몰입한다면 일상을 유지할 수 없을 것이다. 그러므로 타인의 슬픔에 완전히 공감하지 못하는 것은 한편 다행스러운 일이기도 하다.

여간해서는 경청도 공감도 잘 안 되는 사람도 있다. 자기 자신에게만 관심이 쏠려 있어서 끊임없이 불평하거나 자신의 컨디션이 어떤지, 기분이 어떤지 중계 방송하는 경우다. 감당할 수 있는 만큼은 들어주겠지만, 그 사람의 말을 지속적으로 감당하기는 어렵다.

최근 눈물 날만큼 힘들었던 일은?
교차표

구 분			최근 눈물 날만큼 힘들었던 일은?							전체
			영화,드라마 볼 때	슬픈사연 들을 때	가족 때문에	친구,지인 때문에	직장일 때문에	연인 때문에	기타	
성별	남자	빈도	104	73	82	35	21	17	97	429
		성별의%	24.2	17.0	19.1	8.2	4.9	4.0	22.6	100.0
	여자	빈도	105	83	150	63	69	34	100	604
		성별의%	17.4	13.7	24.8	10.4	11.4	5.6	16.6	100.0
전체		빈도	209	156	232	98	90	51	197	1,033
		성별의%	20.2	15.1	22.5	9.5	8.7	4.9	19.1	100.0

분석: 남자는 영화나 드라마를 볼 때 24.2%이고, 여자는 17.4%, 가족 때문에는 남자가 19.1%, 여자가 24.8%로 조사되었다. 이것 역시 남자와 여자가 눈물을 흘림에 다른 구조적 원인이 있음을 보여준다.

가족 간의 관계 때문에 눈물을 흘리는 비율이 여자가 더 높은 것은 아무래도 접촉하는 시간이 더 많아서일 것이다. "우리 가족은 대화가 안 통해요"라는 말은 이미 너무 많은 상처를 받았고 지금도 상처받고 있다는 뜻이다.

가족과의 관계가 피곤하고 재미가 없는 이유는 여러 가지겠지만 해결 안 된 감정이 계속해서 쌓여 온 것도 큰 비중을 차지한다. "그냥 넘어 가지 뭐", "얘기한다고 되겠어?", "시끄럽게 하느니 내가 좀 손해 보고 말지" 이런 마음으로 참다 보면 화가 치밀어 오르고 어느 순간 관계를 끝내버리고 싶은 생각까지 들게 된다. 평소에 특별히 부딪히는 일도 불만을 표현하지도 않던 아내가 갑자기 정색하고 이혼을 요구할 때까지 아무것도 몰랐다는 남편도 있다. "말을 안 해서 그렇지 형제간에 연을 끊고 사는 사람이 은근히 많다"는 얘기도 들린다. 감정에는 무게가 있다. 무언가 해결이 되지 않은 채로 오래 묵힌 감정은 명치끝에 박힌 돌덩이처럼 단단하고 무겁다. 답답할 때 자신도 모르게 가슴을 치거나 명치를 누르게 되는 이유도 감정적인 불편함이 몸의 어디에 걸려 원활한 신진대사를 막고 있기 때문일 것이다.

우리나라 사람은 자신의 감정을 표현하기를 특히 더 어려워한다. 그보다 더 심각한 것은 자신의 감정이 어떤지 모른다는 것이다. 상담에서 유용하게 쓰이는 방법의 하나도 먼저 자신의 감정이 어떤지 분류해보는 것이다. 느낌은 우울한 것 하나로 표현될 수 있지만 깊이 들어가 보면 분노, 소외감, 외로움, 두려움 등 복잡한 감정이 숨어 있는 것이다.

이를 풀어내기 위해 스스로 할 수 있는 것은 자신과의 대화이다. 이 방법은 아무에게 도움받지 않고서도 일차적인 감정을 정리해볼 수 있다는 면에서 효과가 크다. 물론 마음이 너무 무거워 질문도 생각도 떠오르지 않을 수 있다. 혼자 중얼거리는 짓이 유치해서 입이 떨어지지 않을 수도 있다. 하지만 유치하다는 건 잘못된 생각이다. 실제로 그때의 자신은 어리고 슬픈 아이의 상태가 되어 있는 것이니까. 내 안에 눈물 흘리며 웅크리고 있는 어리고 슬픈 자신에게 다가가 보는 것이다. 질문은 단순할수록 좋다.

"○○야, 지금 기분이 어때?"

"아무 말도 하고 싶지 않아."

"아, 말도 하기 어려울 정도로 힘이 드는구나. 그래서 이렇게 가만히 누워 있는 거야?"

"응. 다 귀찮아."

"무슨 일이 있었는데?"

"그냥. 뭐 제대로 되는 게 없는 것 같아. 다 시시하고."

이야기가 생각보다 심각하게 오랫동안 지속되거나 안 좋은 쪽으로 갈 수도 있다. 어떻게 해서든지 좋은 결론이 나와야 하거나 반대로 그래 봤자 소용없다는 생각에 사로잡혀 있으면 자기 대화가 잘 안 된다. 미리 결론을 내리지 않고 자신에게 깊이 몰입해주면 결국은 무거운 감정에서 헤어 나오게 될 가능성이 높다.

자신과의 대화로 감정을 이해하고 왜 힘든지 상황을 판단했다면 이를 해결하기 위한 방법도 고민해볼 필요가 있다. 관계란 혼자가 아니라 사회활동과 연결되어 있기 때문이다. 관계를 풀기 위한 자신과 가족에서 사회적인 범위로 훈련되고 연마할 수 있어야 한다.

여자의 눈물은 남자에게 얼마나 영향을 주나? 교차표

구 분			여자의 눈물은 남자에게 얼마나 영향을 주나?					전체
			매우 약하다	조금 약하다	보통 이다	조금 영향을 준다	매우 영향을 준다	
성별	남자	빈도	31	32	99	144	129	435
		성별의%	7.1	7.4	22.8	33.1	29.7	100.0
	여자	빈도	62	53	181	206	97	599
		성별의%	10.4	8.8	30.2	34.4	16.2	100.0
전체		빈도	93	85	280	350	226	1,034
		성별의%	9.0	8.2	27.1	33.8	21.9	100.0

분석: 여자의 눈물은 남자에게나 여자에게나 모두 긍정의 영향을 주는 것으로 나타났다. 더욱이 남자들에게 여자의 눈물은 여자들이 느끼는 것보다 매우 영향을 주는 것으로 조사되었다.

18, 9세기만 해도 눈물은 여자에게 매력적인 아름다움을 부여하는 것으로 여겨졌다고 한다. 연약함을 강조하여 남자로부터 보호를 받고자 하는 의도일 수도 있고, 사회적으로 여자의 위치가 약하기 때문이기도 하다.

이 시기는 우리나라의 조선 시대와 연결되어 있으며 신분제와 서얼 차별, 남녀 차별 등의 이야기를 국문소설로 활발하게 펴내기도 했다. 허균(許筠)의 「홍길동전」, 「장화홍련전」, 「심청전」, 「흥부전」, 「춘향전」, 「옥루몽」, 「숙향전」은 당시 서민들이 느끼는 한과 눈물을 풀어 주는 위안거리이자 함께 즐길 수 있는 오락거리였다. 이 이야기들의 공통점은 독자의 '눈물' 자아낸다는 것이다. 「홍길동전」의 길동은 호부 호형을 못해 가슴에 못이 박히고, 대감의 첩이 점쟁이와 꾸민 흉계 때문에 어쩔 수 없이 집을 떠난다. 장화와 홍련은 계모와 이복동생에 의해 누명을 쓰고 자살에까지 이른다. 다른 소설 역시 눈물 없이는 볼 수 없는 고난의 과정이 꼭 나온다. 구박을 당하거나 죽음에까지 이르는 이야기 속 주인공의 삶이 남 일 같지 않다. 낮의 고단한 노동을 끝내고 어느 집 문간방에 모여 앉은 동네 아낙들이 글 잘 읽는 이가 구성지게 풀어주는 얘기를 들으며 탄식과 함께 울고 웃는다. 혹 낮에 섭섭한 일이 있었어도 이야기를 들으면서 자연스럽게 서로의 처지를 바꿔 생각해보게 되기도 한다. 어떤 이는 현재 자신이 처한 상황이 최악이라고 생각했는데 그보다 더한 처지에 놓인 주인공을 보면서 자신이 겪는 어려움은 그나마 나은 편이라고 한숨을 내쉬었을 것이다. 슬픔은 더 큰 슬픔을 겪은 사람 앞에서 치유가 되며 설사 가상의 이야기나 영화라도 그 효과는 비슷하다고 여겨진다.

21세기 여자의 눈물은 18, 9세기 때와는 분명히 다르다. 하지만 여전히 '조금 영향을 준다'와 '매우 영향을 준다'가 55.7%에 이르는 것을 보면 어느 정도 유효함을 확인할 수 있다. 그런데도 눈물로 남자를 조정하거나 이득을 얻으려는 시도는 줄어든 것으로 보인다. 이유는 남자와 동등하게 경제활동을 하는 것에서 올 수도 있고 무기력하고 연약해 보이는 모습이 더 이상 매력적인 요소가 아님을 깨달았기 때문이기도 할 것이다.

남자의 눈물은 여자에게 얼마나 영향을 주나? 교차표

구 분			남자의 눈물은 여자에게 얼마나 영향을 수나?					전체
			매우 약하다	조금 약하다	보통 이다	조금 영향을 준다	매우 영향을 준다	
성별	남자	빈도	71	49	139	118	56	433
		성별의%	16.4	11.3	32.1	27.3	12.9	100.0
	여자	빈도	72	56	148	180	145	601
		성별의%	12.0	9.3	24.6	30.0	24.1	100.0
전체		빈도	143	105	287	298	201	1,034
		성별의%	13.8	10.2	27.8	28.8	19.4	100.0

분석: 남자의 눈물은 남자에게는 다소 부정적인 측면을 보인 반면에 여자에게는 부정적인 모습보다는 상당히 긍정적인 면으로 나타났다. 따라서 여자는 남자의 눈물에서 영향을 받는 것으로 조사되었다.

이외에 '눈물은 감정의 소통이 있는 관계, 친밀한 관계에서나 혹은 사회적 관계가 없는 단독의, 혼자인 상태에서만 의미가 있는 것으로 생각됨. 사회적 관계에서는 적정하고 합리적인 언행(言行)이 신뢰를 줌. 합리성 없는 감정적인 눈물은 지양되어야 한다고 생각함. 다만, 충분한 공감과 이해가 형성된 사적인 관계에서는 소통이라는 측면에서 매우 긍정적이라고 생각됨', '남자의 눈물에 대해서도 보다 긍정적인 시각을!', '남자에게 있어서 눈물은 단념이나 포기를 의미하는 경향, 여자에게는 항의이거나 집념을 의미하는 경향이 있다' 등이 있었다.

앙케트에서도 볼 수 있듯 남자는 눈물에 대해 엄격하고 특히 사회적 관계에서는 '적정하고 합리적인' 언행이 중요하다는 의견으로 눈물을 절제할 것을 강조하고 있다. 이는 직장과 사회생활을 하는 남자의 전형적인 태도로 보인다.

그중 유의미한 답으로 '남자에게 있어서 눈물은 단념이나 포기를 의미하는 경향, 여자에게는 항의나 집념을 의미하는 경향이 있다'가 눈에 띄었다.

18세기만 해도 남자도 풍부한 감성을 지녔으며 가시적으로 드러난 경우도 흔했다. 그 예로 괴테의 『젊은 베르테르의 슬픔』에서 파생된 '베르테르 효과(Werther effect)'를 들 수 있다. 베르테르 효과는 '유명인이 죽었을 때 크게 영향을 받아 따라 하는 현상'을 말한다. 약혼자가 있는 로테라는 여인을 사랑한 청년 베르테르는 이어지지 못한 사랑에 절망하여 로테와의 추억이 깃든 옷을 입고 권총을 쏘아 자살을 한다.

이 작품이 발표된 후 유럽의 청년들 사이에 베르테르의 열풍이 불었다. 청년들은 소설에 묘사된 베르테르의 옷차림을 따라 했고, 베르테르의 고뇌에 깊이 공감했다. 심지어 베르테르를 모방한 자살 시도까지 하게 되었다. 엘비스 프레슬리의 죽음 이후 그를 추모하는 자살 행렬이 있었다. 또한, 영화배우 장국영이 투신자살하자, 그가 몸을 던진 홍콩의 만다린 오리엔탈 호텔에서 일반인이 목숨을 끊는 경우도 발생했다.

이 현상을 보면서 슬픔이나 눈물에 대한 정의에서 남녀의 감정을 구분하기보다는 어떤 상황이냐에 따라 다르다는 것으로 해석해야 한다는 생각이 들었다.

눈물은 이성이나 감정이 균형이 깨진 상태임을 보여주는 것이기도 하다. 사람들은 본능적으로 균형을 추구하게 되어 있다. 좋은 것이든 아니든 양극단으로 갔을 때 불안함을 느끼는 것도 균형을 지키려는 현상 중의 하나일 것이다.

스트레스 지수를 점수화했을 때 배우자의 사망은 최고 점수인 100점이다. 이는 부부라는 조건의 양팔 저울 한쪽이 완전히 바닥으로 떨어졌음을 나타내는 것으로 보인다. 놀라운 사실은 결혼 또한 스트레스를 일으키는 요인 7위를 차지하며 점수로는 50점을 나타내고 있다는 것이다. 이는 사랑하는 사람과 함께 한다는 기쁨 반, 나름 균형을 이루고 있던 삶을 바꿔야 한다는 부담감 반으로 해석이 된다.

자신의 상태가 얼마나 균형에 가까운지를 알아보는 방법이 있다. 지금 당장 거울을 들여다보자. 얼굴이 어딘지 어둡고 사나워 보이지는 않는가. 누군가 별 의미 없이 던지는 말에 예민하게 촉수가 곤두서는가. 편안하고 행복해 보이는 사람을 보면 왠지 불편하고 시기심이 일어나는가 한번 생각해 볼 일이다.

가장 만만하고 친밀한, 긴장하지 않아도 되는 대상에게 하는 무심코 하는 행동으로도 자신의 상태를 점검해볼 수 있다. 일단 생겨난 감정은 하나의 덩어리를 이루고 있으며 해소할 방법과 대상을 찾기 마련이다.

옛이야기에 보면 시아버지가 화를 내면 마지막에 그 집의 개가 수난을 당하는 장면이 있다. 그런 의미에서 화의 흐름은 자신보다 약한 대상에게 갈 수밖에 없다. 서비스직 종사자와 감정노동자들이 힘들어하는 이유는 자신에게 함부로 하는 대상에 저항할 수 없는 구조이기 때문일 것이다.

얼마 전 가족과 외식한 적이 있었다. 삼겹살을 먹기로 하고 조촐해 보이는 식당을 찾아 들어갔다. 테이블 열 개 정도 되는 식당이었는데 우리보다 먼저 온 손님이 한 팀 있었다. 중년의 남자 다섯이 저녁 식사 겸 술 한 잔을 하고 있는 것 같았다. 우리가 들어갔을 때는 식사가 거의 마무리되는 상황이었다. 그들은 교포로 보이는 아주머니에게 수시로 심부름을 시키고 있었다. "물수건 하나 더 가져와라", "불판 갈아라", "마늘하고 야채 가져와라" 아주머니는 그 테이블에서 왁자하게 떠드는 소리와 심부름만으로도 정신이 반쯤 나간 것 같았다. 그들이 고기를 다 먹어갈 때가 되자 냉면을 시켰다. 아주머니는 "식사용으로 드릴까요, 입가심용으로 드릴까요?"라고 물었다. "그냥, 냉면이라고!" "저… 그게 두 가진데요, 식사용은 6천 원이고 입가심용은 3천 원이라서", "아줌마, 냉면 달라면 그냥 갖다 주면 되지, 뭘 그리 말이 많아요. 갑갑하기는"

아주머니는 울상이 되어 주방으로 가서는 입가심용으로 냉면 다섯 그릇을 주문했다. 냉면이 나오자 그중 한 명이 따졌다. "양이 적으면 적다고 해야지!"

그들을 보며 사람이 사람에게 뿜어낼 수 있는 독이 얼마나 큰지 생생하게 실감할 수 있었다. 사람은 강한 대상에게 하는 말과 행동이 아니라 사회적으로 약자에게 하는 행동에서 본성이 드러나게 되어 있다.

울고 싶을 때 눈치를 보나? 교차표

구 분			울고 싶을 때 눈치를 보나?		전체
			그렇지 않다	그렇다	
성별	남자	빈도	146	292	433
		성별의%	33.3	66.7	100.0
	여자	빈도	251	354	601
		성별의%	41.5	58.5	100.0
전체		빈도	397	646	1,034
		성별의%	38.1	61.9	100.0

분석 : 울고 싶을 때 눈치를 보는가에 대해서는 남자와 여자 모두 그렇다는 답변이 많았으나 유의도 .008 수준에서 통계적으로 유의미하다고는 볼 수 없는 무의미한 것으로 나타났다. 따라서 눈치를 보는 것에 대해서는 관계가 없는 것으로 처리되었다.

눈에 띄는 의견은 '우리 사회가 편안하게 눈물 흘릴 곳을 만들어 주었으면 좋겠다', '나도 울고 싶을 때 울고 싶은데 그러지 못해서 너무 답답하고 화가 난다', '내가 맘 놓고 울 수 있는 편한 사람이 있었으면 좋겠다'라는 내용이었다.

울 수 있는 곳을 찾는 것은 거의 모든 연령대의 욕구로도 나타났다. 이를 반영하듯 일본에 '울음 방'이라는 곳이 생겼다고 한다.

2015년 일본 도쿄에 미쓰이 가든 요쓰야 호텔이 여자들을 위한 울음 방을 만들었다. 스트레스에 시달리는 20~40대 여자를 타깃으로 하룻밤을 머물면서 마음껏 울 수 있도록 하는 것이다. 방에는 화장을 지울 수 있는 도구에 부드러운 티슈, 따뜻한 타월, 울음을 그친 후 눈의 붓기를 가라앉히는 '스팀 아이 마스크', 감정을 끌어올릴 수 있는 영화까지 준비되어 있다고 한다.

'남자는 사절'이라는 규칙을 보면 남자는 울 장소가 필요하지 않다는 뜻인지, 울음 외에 과격한 행동이 나올 수 있을 것이라는 예상 때문인지 궁금해진다.

성별을 떠나 인간에게 혼자만의 공간이 필요하다는 것은 태생적으로 갖고 있는 기본적인 욕구라고 생각한다.

『내 영혼이 따뜻했던 날들』은 인디언인 작가 포리스터 카터가 조부모와 함께했던 성장기를 바탕으로 쓴 책이다. 그중 기억에 남는 장면은 주인공이 혼자 앉아 있던 한적하고 고요한 개울가였다. 작가는 개울을 따라 올라가다가 자신만의 비밀 장소를 찾아낸다. 약간 산허리 쪽으로 올라선 곳이었는데 월계수로 빙 둘러싸인 채 늙은 미국 단풍나무 한 그루가 굽어보고 있는, 그다지 넓지 않은 풀밭이었다. 그곳을 본 순간 그는 '나만의 비밀장소'로 삼기로 작정한다.

작가의 할머니는 체로키라면 누구나 자기만의 비밀 장소를 갖고 있다고 하였다. 할머니는 대부분의 사람이 자신만의 비밀 장소를 갖고 있는 것 같지만 확실하지는 않은데 누구에게나 비밀 장소는 필요한 것이라고 한다.

원래 사람들에게는 각자의 비밀 공간이 있었을 것이다. 슬픔에 압도되었을 때, 화가 났을 때, 불안할 때, 외로울 때 안전하게 숨을 수 있는 곳이다. 그 공간에서 오롯이 혼자만의 시간을 보내며 공상을 하거나 미처 소화하지 못한 감정을 풀어내기도 한다.

우리나라의 다락방이 비슷한 역할을 했을 것이다. 나에게도 다락방에 누워 작은 창으로 하늘을 보고 책을 읽고 빈둥거리다 잠에 빠져들었던 기억이 있다.

나는 현대인에게 정신적 질병이 늘어난 이유 중 하나를 '혼자 삭

힐 수 있는 공간'을 잃어버린 것으로 꼽는다. 아무 데서도 해소되지 못한 감정이 뭉쳐 정신적인 동맥경화를 일으키고 있다.

핀란드 동화 '무민' 시리즈에 나오는 스너프킨은 자유와 고독을 사랑하는 캐릭터로 유명하다. 무민이 살고 있는 계곡의 친구들은 혼자만의 시간을 중요하게 생각한다. 그렇기 때문에 다른 사람의 공간을 침해하지 않고 일정한 거리를 두고 인정을 해주는 데 익숙하다.

무민의 친구 스너프킨은 혼자만의 시간이 없으면 안 되는 특별한 캐릭터로 그려진다. 스너프킨은 남의 일에 잘 끼어들지는 않지만 명석하고 지적이다. 마을에서 조금 외진 곳에 사는 방랑자로, 마을에 있을 때는 사람들과 적극적으로 교류하며 지낸다. 스너프킨은 해마다 봄이 되면 무민 계곡으로 와서 무민과 함께 지내다 가을이 되면 남쪽으로 여행을 떠난다. 무민은 여행을 떠났다 돌아오는 스너프킨을 따뜻하게 맞아들인다. 두 사람은 어제 만났던 것처럼 아무렇지도 않게 다리 난간에 앉아 이야기하거나 흐르는 강물을 말없이 바라보기도 한다.

무민의 작가 토베 얀손에 따르면 스너프킨은 철학자이자 시인이자 정치가라고 한다.

스너프킨은 혼자 있을 때 모닥불을 자주 피우곤 한다. 차를 끓이거나 추위 때문이기도 하지만, 불꽃을 바라보면서 마음속을 따뜻하게 데우려 하는 것처럼 보이기도 한다. 스너프킨을 보면 사람은 일부러라도 혼자 있는 시간을 만들 필요가 있다는 걸 깨닫게 된다. 체로키족이나 스너프킨처럼 비밀 공간을 가질 수는 없지만, 현대는 문화를 누릴 수 있는 여러 가지 도구와 공간이 많다.

책을 읽고 있는 동안은 시대와 공간, 사람을 초월한 자기만의 공간에 머물 수 있다. 세상을 떠난 사람과 대화를 할 수도 있고, 소설 속의 주인공 또한 나처럼 힘든 삶과 고통 속에 살았구나 하는 동질감을 느끼기도 한다. 음악과 운동과 산책, 명상 이외에 다양한 취미 생활, 일과 전혀 상관없는 공간에서 휴식을 취하는 경험을 해보는 좋은 해결책이 될 것이다.

혼자 있는 시간의 궁극적인 목적은 사회로, 사람에게로 다시 돌아오는 데 있다. 일상적인 생활을 유지하기 위한 작은 쉼표라고 해도 좋을 것이다. 중요한 것은 시간의 길이가 아니라 질이며, 얼마만큼 풍요롭게 충족할 수 있느냐가 관건이다.

3

연령에 따른
교차 분석

마지막 울어본 때 교차표

구 분			마지막 울어본 때					전체
			1년 전	2년 전	3년 전	기억나지 않음	기타	
연령	20대 이하	빈도	20	2	0	41	56	119
		연령의%	16.8	1.7	0.0	34.5	47.1	100.0
	20대	빈도	28	4	4	52	111	199
		연령의%	14.1	20	2.0	26.1	55.8	100.0
	30대	빈도	51	6	7	55	129	248
		연령의%	20.6	2.4	2.8	22.2	52.0	100.0
	40대	빈도	37	5	3	41	67	153
		연령의%	24.2	3.3	2.0	26.8	43.8	100.0
	50대	빈도	29	8	6	44	50	137
		연령의%	21.2	5.8	4.4	32.1	36.5	100.0
	60대	빈도	33	20	18	70	54	195
		연령의%	16.9	10.3	9.2	35.9	27.7	100.0
	전체	빈도	198	45	38	303	467	1,051
		연령의%	18.8	4.3	3.6	28.8	44.4	100.0

분석: 연령별로 마지막 울어본 기억에 대한 물음은 기억나지 않는다는 응답이 주를 이루었고 기타라고 표시한 응답자도 많았다. 이것은 울음에 대한 기억 자체를 망각하거나 추억하고 싶지 않은가라는 의문을 갖게 하였다.

10대들의 고민

10대들이 느끼는 고통은 무척 다양하고 매우 심각한 현상으로 나타나기도 한다. 구체적으로는 성적, 진로, 예상치 못한 분노 폭발, 어려운 가정 사정으로 인한 무기력감, 친구 간의 문제, 시험에 대한 압박감, 부모의 불화 등등 어쩌면 어른들보다 훨씬 더 어렵고 힘든 과정을 가고 있을 수 있다.

특히 공부에 부담을 느끼는 청소년들은 단편적이고 일시적인 해결방법으로 공부를 안 해도 할 수 있는 것부터 찾으려고 한다. 한동안 연예인이나 프로게이머, 웹툰 작가 등을 꿈꾸는 청소년들이 많았고 이 문제가 부모와의 갈등을 일으키는 원인이 되기도 했다.

나는 10대들과 만날 수 있는 상을 마련해왔고 학교에서도 여러 번 공연하였다. 공연을 본 아이들은 자신의 마음을 털어놓고 싶어 한다. 그렇게 아이들을 만나면서 깊은 이야기를 나눌 기회가 생긴다.

그중 중학교 3학년 은결이라는 친구가 떠오른다. 은결이가 원하는 직업은 요리사였다. 자신만의 개성과 실력을 갖춘 전문 셰프로 나중에 요리 전문 채널을 운영할 생각이 있었다. 하지만 은결이의 꿈은 처음부터 부모님의 극심한 반대에 부딪혔다. 고등학교 수학 선생님인 아버지와 과학 선생님인 어머니는 은결이가 하는 말을 아예 들으려고 하질 않았다. 은결이의 희망을 그저 일시적인 반항이고 공부를 하지 않으려는 핑곗거리로만 생각한 것이다. 오히려 더욱 강하게 은결이를 압박했고 시험을 보면 틀린 개수를 세어 매를 댔다.

그 일이 은결에게 시험불안으로 이어져 틀리면 안 된다는 강박감이 되었고 시험 때가 되면 잠을 못 자고 아프거나 다치는 등 여러 가지 현상으로 드러나곤 했다. 교육의 진정한 목표는 각 사람에게 내재되어 있는 것을 찾고 발전시킬 수 있는데 기준을 두어야 한다. 공부에 관해 많은 청소년들이 스트레스를 받는 이유 중 하나도 공부를 왜 하는지 모르겠는데 무조건 하라는 명령만 들어왔기 때문이다.

우리 사회에서 청소년기는 어른이 되기 위한 과도기, 사회에 진출하는 준비기로 치부됐고, 그 결과 청소년들은 맹목의 입시생으로, 혹은 취업 준비생으로 전락해 버렸다. 하지만 행복은 조건에 의해 좌우되는 것이 아니다. 돈과 명예, 관계 등 외부에서 오는 만족감은 분명 한계가 있으며 채워지는 순간 다른 것을 희망하게 되어 있다. 미래에 저당 잡혀 현재의 행복을 느낄 수 없는 사람은 항상 쫓기고 비교하며 완결된 삶이 아닌 불완전한 삶을 살게 된다. 하지만 공부를 하고 스펙을 쌓는 등 현실적인 조건 또한 외면할 수 없는 사실이다. 이를 위한 대안으로 생각할 수 있는 것은 막연하게 '열심히'가 아니라 정말로 원하는 것이 무엇인지를 진지하게 찾고 방향을 정할 수 있도록 다양성을 열어주어야 할 것이다.

또 한 가지 청소년들이 느끼는 스트레스 상황은 가족 간의 불화이다. 특히 부모 사이가 좋지 않을 때 가운데 끼어있는 아이들은 극심한 공포와 불안을 느낀다. 아이들은 어수선한 집안 분위기, 어머니의 푸념과 한탄, 아버지의 폭력과 과격한 언어를 들으면 불화의 원인이 자신으로부터 시작되었다는 생각을 하게 된다고 한다. 아이들에게 험한 꼴을 보이지 않겠다고 감정을 억압하고 좋은 척을 해도 아이들은 민감하게 부모의 상황을 파악한다. 이처럼 부부싸움이 잦거나 미묘한 갈등 속에서 자란 아이는 외부활동에서도 항상 불안해하며 우울과 위축, 폭력적인 행동 등으로 유연하게 관계를 만들어가지 못할 가능성이 높다.

그렇다고 해서 아이들에게 모든 것이 완벽한 환경을 만들어줄 수는 없다. 혹 집에서 완벽에 가까운 환경을 만들어 준다고 해도 학교나 사회에서까지 그 같은 조건을 기대할 수 없다. 오히려 완벽한 환경이 이후의 삶에 장애가 되기도 한다.

그렇다면 문제 환경을 없애는 것이 아니라 건강하게 풀어내는 모델을 보여주는 것이 대안이 될 수 있을 것이다. 부모 역시 약점이 있고 불안정한 존재임을 솔직히 고백하고, 일어나는 상황을 설명하고 해석해주는 것이 필요하다. 갈등을 풀어가고 화해를 하는 과정을 보여준다면 문제를 해결할 수 있는 좋은 본보기가 될 것이다.

회복탄력성을 가진 아이가 건강하다

이처럼 실망이나 절망스러운 상황에서 일어날 수 있는 힘을 '회복 탄력성'이라고 하며, 실패와 난관을 이겨낼 수 있는 강하고 긍정적인 마인드를 일컫는 말이다.

성경 잠언 24장 16절에 "대저 의인은 일곱 번 넘어질지라도 다시 일어나려니와 악인은 재앙으로 말미암아 엎드러지느니라"라는 구절이 있다.

일곱 번 넘어졌다는 것은 인간의 힘으로는 더 이상 일어나기 힘든 지경에 처했다는 것을 상징하는 것이다. 우리나라 사람들이 쓰는 말인 '칠전팔기'도 죽을힘을 다해 노력했다는 의미가 있다. 일곱 번 넘어져도 '다시 일어날 수 있다'면 사정이 달라진다. 그는 앞서 여섯 번 넘어지고 일어나는 과정에서 이미 많은 것을 배웠다. 무릎에 굳은살도 생겼고, 다른 사람 앞에서 넘어질 때 느끼던 수치심에서도 어지간히 자유로워졌을 것이다. 일곱 번째로 일어나는 아이의 인격은 또 얼마나 성숙해져 있을지…. 그 아이는 목표를 성취해도 교만하지 않고, 실패하더라도 다음 단계를 탐색해볼 수 있는 힘을 가진 단단한 성인이 되어 있을 것이다.

하나님이 사랑하는 자에게 시험을 허락하시는 이유는 우리로 하여금 생명이 있는 자로, 또 자신이 예비해 놓으신 그 풍성함에 들어가게 하려는 뜻이 있는 것이다. 내 아이가 "지금의 어려움은 절대로 나를 망하게 하려고 온 것이 아니다. 왜냐하면, 나는 하나님의 자녀이기 때문이다"라고 확신하고 고백할 수 있는 것이야말로 가장 강한 회복 탄력성이 될 것이다.

내 아이가 일취월장 성취하는 것을 보는 것은 부모들의 가장 큰 희망 사항일 터이다. 하지만 실패한 뒤 절망 속에서 툭툭 털고 일어나 다시 달려갈 수 있는 아이를 둔 부모는 더 이상 일방적인 보호자가 아니다. 자식이 잘 성장하여 친구삼아 대화하고 어려운 일을 의논할 수 있고, 서로가 본이 되어 함께 성장할 수 있는 부모야말로 가장 성공한 사람이 아닐까.

그러므로 청소년을 미성숙한 인격체로 보지 말고 동등한 입장에서 의사를 표현할 수 있는 장을 열어놓는 것이 우선되어야 할 것이다. 아이의 주장이 이해가 안 되더라도 시간을 두고 이야기를 들어주며 공감할 수 있는 부분을 찾아야 한다.

개인이 해결할 수 있는 부분의 한계를 넓히기 위해서 사회적으로 10대를 위한 다양한 발산 기회와 상담, 부모와 소통할 수 있는 많은 기술적, 제도적 장치가 필요하다. 그보다 우선 되어야 할 것은 경쟁이 아니면 살아남을 수 없는 사회구조의 변화다. 쉽지 않은 일이지만 문화와 교육, 사회적 분위기 속에 여러 가지 시도가 있는 것은 반가운 일이다.

은결이가 나와 헤어지면서 한 말이 지금까지도 생생하다.

"요리사를 하지 말라고 해도 괜찮아요. 제가 잘못 판단할 수도 있으니까요. 하지만 한번만이라도 어떻게 하면 요리사가 될 수 있는지, 요리 학원에 가면 무엇을 배울 수 있는지 알아보기라도 해 주었다면 이렇게 가슴이 답답하고 머리가 아프지 않았을 거예요. 나는 절대로 부모님이 희망하는 직업을 가질 수 없어요."

은결이는 평소에도 두통약을 달고 산다고 했다.

시험불안은 지나친 긴장이나 불안상태에서 더욱 크게 나타날 수 있다. 시험에 집중해야 할 에너지가 감정을 다스리는데 거의 다 쓰이기 때문에 결과 또한 좋지 않을 수밖에 없다. 한국민족문화대백과 사전이 정의한 '교육'은 '인간형성의 과정이며 사회개조의 수단'이라고 한다. 즉, 교육이란 바람직한 인간을 형성하여 개인생활·가정생활·사회생활에서 보다 행복하고 가치 있는 나날을 보내게 하며 나아가 사회발전을 꾀하는 작용인 것이다.

행복한 삶의 조건은 어떤 것일까

2017년 3월 UN 자문기구인 'SDSN'이 각 국가별 행복지수를 발표하였다. 내용은 155개 나라를 대상으로 1인당 GDP, 사회적 지원, 기대 수명, 관용, 선택의 자유, 부정부패 6개 항목을 조사해 점수를 산출한 것이다.

그중 노르웨이(7.537)가 1위로 꼽혔고, 이외에 상위권을 차지한 나라는 덴마크(7.522) 2위, 아이슬란드(7.504) 3위, 스위스(7.494) 4위, 핀란드

(7.469) 5위였다. 조사 대상 나라 중 한국(5.838)은 56위에 올랐다. 우리나라는 2015년에는 47위, 2016년에는 58위였다. 한국보다 순위가 높은 주요 국가로는 미국 14위, 독일 16위, 싱가포르 26위, 일본 51위 등이었다.

상위권에 있는 나라의 특징은 '우월한 복지제도로 삶의 안정감을 느낄 수 있도록 해준다'는 공통점을 갖고 있다. 등록금 무료, 의료비 99% 지원, 국민연금, 실업보험 등 적어도 객사하지 않을 것이라는 보장이 있다면 행복지수가 높아질 수밖에 없지 않겠는가.

한국인의 만족도가 떨어지는 근본적인 이유는 '출생에서 죽음까지 개인이 모두 책임을 져야 한다'는 불안에 있을 것이다. 먹고사는 문제에 몰입이 되어 행복을 느낄 겨를이 없어 보인다. 위와는 다른 예로 '행복을 느끼는 능력'에 대해 이야기하고자 한다.

부탄이라는 나라가 있다. 부탄 국민들은 '은둔의 왕국', '마지막 샹그릴라'라는 별명을 얻을 만큼 행복하게 산다고 한다. 2010년에는 이를 현실로 입증하는 뉴스가 발표됐다. 영국의 좌파 성향 싱크탱크인 신경제재단(NEF)이 148개국을 대상으로 한 국가별 행복지수 조사에서 부탄을 1위에 올렸다. 당시 부탄의 1인당 국내총생산(GDP)은 2000달러로 물질적 풍요로는 우리의 발끝에도 못 따라오는 수준이다. 그런데도 부탄 사람들 97%가 "행복하다"라고 답변했다.

그러나 SDSN의 기준으로 그들의 행복도를 평가해보면 97위에 그치고 있다. 놀랍게도 그들은 국제무대에 '국민총행복(GNH)'이라는 아주 새로운 표준(標準)을 제시했다. GNH는 GDP와는 다른 국민들의 행복지수를 나타내는 용어로 건강과 시간 활용 방법, 생활 수준, 공동체, 심리적 행복, 문화, 교육, 환경, 올바른 정치 등 9개 분야의 지표를 토대로 산출하였다. 전문 담당자가 약 8000명의 국민을 대상으로 1인당 5시간, 구체적인 질문을 통해 심리상태를 수치로 계산해 내는 방법을 활용하고 정책에 반영한다고 한다. 이 GNH는 지난 1974년부터 '지그메 싱기에 왕추크' 국왕에 의해 만들어져 지금까지 이어져 오고 있다. 그는 "재화생산의 여부, 경제성장, 개인 수입 등으로 국가 순위를 평가하지 말라, 그 속에 사는 사람이 얼마나 행복한가로 국가를 평가하겠다"라고 공언했다.

그들이 행복의 기준으로 삼는 것은 '훌륭한 자연환경', '오염 되지 않은 음식', '낮은 스트레스', '교육과 의료비 지원' 등이다.

객관적인 조건으로 보면 부탄에는 생존에 필요한 먹을거리가 풍부하지 않다. 채소 종류는 제한적이고, 과일은 거의 나지 않아 대부분 인도에서 수입된다. 경제 기준으로는 절대 빈국으로 정부의 재원은 수력발전에 의한 전기 판매, 농·임산물 수출, 관광업, 외국 원조에서 나온다. 이를 공공 인프라 구축이나 전반적인 국민 생활 수준 향상을 위한 투자 대신 무상 복지로 돌린 것이다. 그나마 공짜로 나눠줄 수 있는 것도 한반도 4분의 1 면적보다 인구는 75만 명밖에 안 되기에 가능한지 모른다. 그런데도 97%의 사람들이 행복하다고 한 이유는 "여기서는 돈이 모든 걸 좌우하지 않는다"라고 요약할 수 있을 것이다. 그들의 삶을 삐딱한 시각으로 본다면, '인간은 가져본 적 없는 것을 갈구하지는 않는다'는 라 보에시의 말에 적용할 수 있을 것이다. 그런데도 더 많은 물질이 더 많은 행복을 보장하지 않는 것은 분명하다. 행복은 주어진 현실을 받아들이는 마음, 의심하지 않는 마음, 순응, 만족, 감사로부터 비롯되기 때문이다.

부탄 사람들의 사정을 들여다보면서 그들의 '행복지수 1위'를 정확히 표현하자면 '행복을 느낄 수 있는 지수 1위'가 맞겠다는 생각이 들었다.

언제 울고 싶나요? 교차표

구 분			마지막 울어본 때							전체
			억울할때	일이 맘대로 안될 때	두려울 때	슬플 때	감동할 때	없음	기타	
연령	20대 이하	빈도	71	13	3	17	1	6	8	119
		연령의%	59.7	10.9	2.5	14.3	0.8	5.0	6.7	100.0
	20대	빈도	75	44	6	52	9	5	2	198
		연령의%	37.9	22.2	3.0	28.8	4.5	4.0	1	100.0
	30대	빈도	69	48	7	80	22	11	10	247
		연령의%	27.9	19.4	2.8	32.4	8.9	4.5	4.0	100.0
	40대	빈도	48	20	1	56	21	4	3	153
		연령의%	31.4	13.1	0.7	36.6	13.7	2.6	2.0	100.0
	50대	빈도	25	7	2	55	34	3	10	136
		연령의%	18.4	5.1	1.5	40.4	25.0	2.2	7.4	100.0
	60대	빈도	39	15	10	61	42	18	9	194
		연령의%	20.1	7.7	5.2	31.4	21.6	9.3	4.6	100.0
	전체	빈도	327	147	29	326	129	47	42	1,047
		연령의%	31.2	14.0	2.8	31.1	12.3	4.5	4.0	100.0

분석: 연령별로 울고 싶을 때는 전반적으로 억울할 때와 슬플 때가 비슷한 반응을 보여 주었다. 그러나 젊은 층에서는 억울할 때, 반면에 30대 이후부터는 슬플 때 많이 울고 싶은 것으로 조사되었다.

누구나 울고 싶을 때, 혼자 있고 싶을 때가 있다. 대표적인 시기는 사춘기가 될 것이다. 부모는 처음으로 자기 방문을 닫아걸고 들어간다거나, 자녀를 생각해서 하는 말을 사사건건 튕겨낸다거나 하는 것을 보면 당황하게 된다. 그때 아이들이 하는 말의 요점은 "나를 잘 몰라주고 오해를 해서 억울하다"는 것이다. 부모 역시 "어떻게 키웠는데 그런 식으로 나오는지 억울해서 못 살겠다"는 반응부터 올라온다. 이처럼 사춘기 자녀를 둔 부모가 고통스러워하고 집안에 갑자기 해일이 몰려온 것 같은 불안을 느끼는 이유는 부모의 갱년기와 겹칠 가능성이 크기 때문이다. 정신없이 40대 중반까지 지내고 50대가 되면 제2의 사춘기라 할 만큼 고독감을 느끼게 된다. 이를 들어 인생의 2대 전환기라고 한다. 한 집안에 두 개의 거대한 파도가 부딪치는데 어떻게 평안할 수 있겠는가.

취업전쟁과 구인전쟁

20대는 공부와 진로, 30대는 생업과 결혼, 출산 등에 집중해야 하는 시기로 딱히 고독을 느낄 시간도 여유를 갖기도 어려운 시기다.

우리나라 20대 청년들의 고통은 말로 더 설명할 필요가 없을 만큼 잔인하다. 특별히 까다로운 조건이 아닌 것 같은데도 직장을 얻지 못하는 경우 그 어느 때보다도 우울하고 의욕이 떨어질 것이다. 심지어 100번 이상 원서를 넣었는데 한 번도 합격하지 못했다는 얘기도 심심치 않게 들려온다. 어떤 친구는 3년 이상 그렇게 시간을 보내다 보니 도서관이 직장, '취업 준비'가 업무인 것 같다는 농담 아닌 농담을 하기도 한다.

사실 겉으로는 평등해 보이는 입사 조건이라도 내부적으로 인사 기준은 정해져 있다. 각 기업 인사담당자들이 고백하는 바는 "솔직히 말하면 직원 선정 기준으로 학벌과 스펙을 본다"라는 것이다. 그러니 스펙을 높이기 위한 각종 자격증과 토익, 토플에 중국어와 일본어 자격시험에 끝없이 올인을 할 수밖에 없는 것이 20대의 군상이다. 각 기업이 정해놓은 가시적인 조건을 넘기 위해서는 그 이상의 뛰어난 무엇을 갖고 있어야 한다는 것이다. 이 상황이 냉정한 현실임을 인식하고 차별화할 수 있는 대안을 마련해야 한다. 대기업을 지원하던 취업준비생들이 대안으로 삼는 것은, '마음에 들지 않지만 일단 경력을 쌓아야 하므로 중소기업에 입사하여 일을 배우면서 재취업을 노리는 방법'을 택하는 방법이다. 회사에 마음을 두지 않으니 당연히 성실한 태도로 근무하기가 어렵고, 근무 중에 힘든 일이 있으면 언제든지 퇴사할 생각으로 마음을 접게 된다.

회사는 회사대로 지속적인 손실을 입는다. 사원을 뽑아 교육을 시키고 제 역할을 하게하려면 많은 시간과 인력이 필요하다. 별생각 없이 입사했다가 말도 없이 회사에 나오지 않는 사람들 때문에 너무 화가 난다는 대표의 이야기도 많다.

그중에서 수학학원을 운영했던 김 씨의 얘기가 기억에 남는다. 그는 교육 관련 회사에 15년 넘게 다녔지만 아무리 길어도 3년 내에는 퇴직해야 할 것 같은 분위기임을 감지하고 독립하기로 마음을 먹었다고 한다. 퇴직하고 생각한 것이 자신이 근무한 학습 영역의 경험을 살려 학원을 운영해보는 것이었다. 소규모지만 월세가 만만치 않은 신생 아파트촌에 점포를 얻어 개원하였다. 처음에는 지인이 학생들을 소개해 주기도 하고 학부모를 한 사람씩 만나 '반드시 성적을 올리겠다'라는 약속을 하면서 한 명씩 원생을 늘려갔다. 그의 성실한 태도와 열정이 통했던 것일까, 3개월 정도 지나자 성적이 향상된 원생의 친구, 형제까지 등록하면서 김 씨와 강사 한 명이 감당하기에 버거울 정도로 원생이 늘어났다.

김 씨는 강사를 구하기 위해 강사모집사이트에 구인광고를 올렸고 전화로 문의를 해오는 사람들을 만나 면접을 보았다. 직장에서 수도 없이 직원을 뽑았던 경험이 있으니 면접을 보고 강사를 정하는 일도 별 어려움이 없을 것이라고 생각했다. 며칠 동안 강사지원자들을 만난 후 수학실력이나 인성에서 합격점을 줄 만한 사람에게 전화를 하였다. 하지만 그 사람과 연락이 되지 않았다.

"처음에는 왜 그런지 전혀 생각을 하지 못했죠. 무슨 일이 생겼나 싶었어요. 알고 보니 다른 학원에서 일하기로 한 거였어요. 어떤 경우는 시간대를 정해 하루에 네 번까지도 면접을 보러 다니더군요. 이왕이면 좀 더 좋은 조건을 찾으려고 하는 건 당연한 것이고, 저희처럼 소규모가 아니라 크고 체계가 잡힌 곳에서 일하고 싶겠죠. 그러나 괘씸한 것은 그 사람들의 태도였어요. 메시지로라도 일을 못하겠다고 답을 주는 건 양반이에요. 전화를 안 받거나 심지어 차단해 놓은 경우를 보면 정말 너무 심하다 싶죠. 강사로 일을 시작하더라도 평균 근무 기간이 6개월에서 1년 이내더라고요. 학생들이 적응할만하면 그만두는 거죠. 학부모와 학생들은 선생님이 자꾸 바뀌는 걸 제일 싫어해요. 당연히 학원을 옮기는 학생들이 늘어나고 그런 것들이 쌓이면 운영하는 사람 입장에서도 신입 강사를 제대로 대접하지 않게 돼요. 얼마나 있다가 나갈까 싶은 거죠."

김 씨의 말을 들으면서 미약하게나마 구직난과 구인난이 어떤 구조로 돌아가는지 알 수가 있었다.

과연 이직만이 답인가

감사원 '청년고용대책 성과분석' 감사 결과 보고서에 따르면 취업향상을 위해 정부에서 지원한 중소기업 청년인턴 사업에 실효성이 떨어진다는 결과가 나왔다고 한다. 질이 낮은 일과 불안정한 회사에 임시방편으로 취업을 시키다 보니 정부지원금이 중단되고 1년만 지나도 고용유지율이 절반으로 떨어지게 되는 것이다.

이직률이 높은 회사의 특징은 "미래에 대한 비전이 없다"는 것이다. 직장은 생계에 필요한 급여를 받는 일차적 목적 외에, 구성원으로서의 자부심을 느낄 수 있는 사회참여 부분이라는 의미도 있다.

청년 평균 근무 기간이 유난히 낮은 데는 기대에 못 미치는 임금 수준, 불확실한 비전 외에 관계의 어려움도 한몫한다. 매사에 까다롭고 의도를 이해하기 어려운 명령을 내리는 상사와 밉살스러운 동료가 일하고 싶은 의욕을 꺾어 버린다는 하소연도 있다. 이를 해결하기 위한 방안으로 꿈꾸는 것이 퇴사이며 마음에 드는 조건을 찾아 이직하는 것이다.

하지만 과연 퇴사가 대안이 될 수 있을까. 이직하면 알맞은 강도의 일에 존경할 만한 상사가 기다리고 있을까. 직장인이 하는 농담에 "일만 아니면 이 회사도 참 괜찮을 텐데"라는 말이 있다. '일'은 '상사', '동료'로 대치될 수 있는 말이기도 하다. 다시 말해 어디를 가든지 제2의 장애물이 대기하고 있는 것이다. 물론 힘들게 하는 대상을 피하는 게 상수가 될 수도 있는 것이다. 그러나 조금 더 깊이 생각해보면 외부의 환경보다 자신이 받아들이는 방식 자체에도 문제가 있다는 것을 알 수 있을 것이다.

예를 들어 잔소리가 심한 상사가 뻔한 조언을 했을 때 '또 시작이다. 또 시작이야'라고 생각을 하면 감정적으로 되기 쉽다. 안 좋은 감정으로 들으니 내용이 어떻든 간에 좋은 의미로 다가오지 않을 것이다. 왜 나한테는 유독 더 그러는 것 같은지, 꼭 다른 사람들이 있을 때 그 말을 해야 하는지 이해가 되지 않는다. 좀 더 나가다 보면 상사의 말 속에 숨어 있는 의도가 무언지, 혹시 퇴사하기를 바라는데 직접 말하기가 불편해서 돌려 얘기하는 건지 머리가 복잡해진다. 복잡하고 불편한 마음으로 일을 하니 집중력이 떨어지고 기대만큼 성과도 나오지 않는다.

　이와 관련한 소설로 안톤 체호프의 『개를 데리고 다니는 부인』에 실린 '어느 관리의 죽음'이 있다.

　주인공이자 회계 관리인 이반 드리뜨리치 체르바꼬프는 휴일 저녁 오페라 극장 특등석에 앉아 공연을 관람한다. 일주일간 열심히 일하고 시간을 내어 즐기는 공연이 기대되고, 삶 또한 만족스럽고 행복했다. 그런데 관람하던 중 크게 재채기를 했고 앞자리에 앉은 노인의 대머리에 침이 튀었다. 알고 보니 노인은 통신부장관 브리즈잘로프였다. 체르바꼬프는 너무나 놀라고 당황한 마음에 정중하게 사과하였다. 장관은 관람에 방해가 되니 조용히 하라고 했다. 체르바꼬프는 분명 그가 화가 났을 거라는 생각 때문에 신경이 쓰였고 공연 관람도 집중이 되지 않았다. 휴식 시간이 되자 이반 드리뜨리치 체르바꼬프는 로비에서 장관을 기다리고 있다가 다가가 미안하다고 고의가 아니었다고 한다.

이번에도 장관은 별 반응을 하지 않는다. 집에 와서 아내에게 얘기하니 장관을 찾아가 다시 한번 제대로 사과를 하라고 한다. 그는 다음 날 장관 집견실까지 찾아가서 사과하고 또 한다. 참다못한 장관이 분노에 차서 "당장 나가!"라고 하는 명령을 듣고 집으로 돌아와서는… 죽었다.

현실보다 다소 과장되어 있긴 하지만 이 작품은 주인공의 관계 방식을 보여주는 부분으로 해석할 수 있다. 체르바꼬프는 급여가 많진 않아도 평생 생계가 보장된 있는 직업을 갖고 있고, 휴일에는 오페라 극장에서 고급문화를 즐길 수 있을 만큼 정신적으로나 경제적으로 여유롭기도 하다. 그의 평온과 행복은 '장관'이라는 거대한 대상이 나타나자 당장에 짓눌리고 부서지기 시작한다. 재채기가 나온 것은 생리현상이므로 그의 잘못이 아니다. 그가 할 수 있는 적당한 대처방식은 그냥 조용히 있거나, 혹 장관이 고개를 돌려 자신을 보더라도 정중하게 고개를 숙여 미안한 감정을 표현하는 정도가 적당했을 것이다. 장관은 그가 누군지 몰랐을 테니까. 하지만 체르바꼬프는 어쩌면 일자리를 잃어버릴 수 있다는 불안, 실수를 용납하지 못하는 엄격함 때문에 가만히 있지를 못한다. 불안은 장관이 자신을 가만두지 않을 것이라는 공포로 바뀌고, 원래대로 돌려놓기 위하여 어쩔 줄 모르고 안달하다가 제풀에 죽어버리고 말았다.

관계가 어렵게 느껴지는 것은 정답이 없기 때문이다. 하지만 악화시키느냐, 긍정적으로 변화시키느냐는 결국 본인의 선택에 달려 있다.

특히 감정에 휘둘려 급하게 처리하는 일은 좋은 결과를 내기 어렵다.

인류 역사에 큰 발자취를 남긴 셰익스피어의 4대 비극의 바탕에는 인간의 급한 성정, 빨리 결과를 보고 싶은 조급함, 이것이냐 저것이냐 하는 흑백논리로 균형을 잃은 관계형태들이 깔려 있다. 로미오와 줄리엣 중 한 명이라도 느긋하게 상황을 지켜보았더라면 속을 끓이고 끓이다가 죽음으로 끝나지 않았을 것이다.

삶의 모호성을 인정하라

우리 삶의 대부분은 모호성의 성격을 띠고 있다. 대표적인 것은 태아기이다. 물론 영상 초음파의 발달로 태내 상태에서도 성별, 기형, 몸무게, 얼굴 생김새까지 확인할 수 있게 되었다. 하지만 과연 그것으로 인간이 갖고 있는 다양성을 진단할 수 있을까. 하지만 여러 가지 실험으로 태아기에도 인간의 정신과 감정은 다양하게 분화하기 시작한다는 것이 밝혀지고 있다. 상담할 때 지속해서 상담자를 괴롭히는 감정, 행동방식, 우울증 등의 원인을 찾기 위하여 태내에서 어떤 경험을 했느냐를 찾는 경우도 현재의 삶에 영향을 미치기 때문이다.

아이의 삶을 좀 더 유리하게 하기 위한 조건으로 '길일과 시를 잡아' 제왕절개 수술을 하는 경우도 있다. 시작부터 자기 아이가 좀 더 유리한 상황에서 평탄하게 성공적인 삶을 살기를 바라는 마음에서 하는 행동일 것이다. 하지만 사주팔자와 인간적인 노력으로 보장할 수 있는 것은 아무것도 없다 우리 삶의 본질은 '앞을 알 수 없다'는 것에 있기 때문이다. 이는 회색지대와 같으며 살아가는 과정마다 누가 대신해주지도, 바로 답을 내어주지도 않는다. 그 모호함에 대처하는 방식이 그 사람이 인격이자 인생관이 되는 것이다.

관계에서의 회색지대는 상대방을 인정하는 부분이고, 설사 자신의 마음에 들지 않더라도 지켜보아야 하는 지점이 되기도 하다. 직장과 사회생활에서나 가족 간에도 '내 마음에는, 내 기준에는 적절하지 않지만 그냥 두어 두는 여백'이 필요하다.

주변을 둘러보면 유능하고 지식은 많으나 금세 발끈하는 사람, 언짢은 기분을 그대로 드러내는 사람, 독선적이어서 종종 주위와 충돌하는 사람이 있다. 어찌 보면 이들은 관계의 회색지대와 여백을 두어 두지 못하는 사람일 수도 있다. 뭔가를 꽉꽉 채워 넣어야만 만족스러운 사람, 남들에게 확실한 뭔가를 자꾸 보여주어야 한다고 생각하는 사람은 소통에 관심이 없다.

그 현상 중 하나가 자랑이 심한 사람이다.

내 주변에도 끊임없이 자랑을 늘어놓는 사람이 있다. 젊을 때는 자기 자랑, 아이들이 태어난 후로는 자식 자랑, 손자를 본 후로는 그 영특함을 일일이 나열하느라 입에 침이 마른다. 다른 사람이 한마디라도 할라치면 어느새 말을 채가서 다시 자기 이야기를 꺼내놓는다. 그는 자신이 얼마나 성공적으로 제대로 살고 있는지 감탄하며 들어주는 사람들이 있을 때 가장 행복하고 짜릿하다. 누군가 막상 당신은 어떤지 무슨 생각을 하고 사는지 물어볼라치면 무슨 소리를 하느냐는 듯 멍한 표정이 된다. 그가 다른 사람에게 관심을 돌리는 경우는 그 사람이 자기에게 동조해주지 않아 불편한 느낌이 들 때뿐이다.

사람들이 그 사람 곁에 가고 싶어 하지 않는 것은 당연한 일이다. 소통 없이 일방적으로 자기 이야기만을 쏟아놓는 사람을 볼 때면 마음이 공허하기 때문이 아닌가 하는 생각을 하게 된다.

50대의 눈물

50대는 어떨까.

일본 작가 나카하라 츄야는 「철없는 노래」에서 "생각하니 멀리
도 왔구나", "멀리 지나온 날들과 밤이 이렇게 사무치게 그립다니 왠지
자신이 없어지는구나"라고 한탄을 한다.

그를 기다리는 아내와 자식이 더 이상 가볍고 사랑스러운 존재가
아니라 책임과 의무를 강요하는 무거운 짐으로 느껴진 것일까. '왠지
자신이 없어지는구나'라는 말은 입속에서나 중얼거릴 수 있을 것이다.
늦은 밤, 혹은 새벽 혼자 들어가는 길에서 혼잣말을 중얼거리는 가장의

뒷모습이 떠오른다.

　이와는 다른 태도도 있다. 늙음을 자연스러운 것으로 받아들이고 성숙할 기회로 받아들이는 것이다. 온전한 성숙은 자기 주도적인 삶으로부터 완성될 수 있다. 오롯이 혼자의 시간을 가질 수도 있고 여럿이 어울릴 줄도 알아야 한다. 가족이든 타인이든 지나치게 의존하다 보면 섭섭한 일이 생기고, 남의 평가에 휘둘리게 되기도 한다. 이를 위한 기본적인 조건은 경제적 능력, 건강, 삶의 의미를 찾을 수 있는 능력이다.

　돈에 대한 개념은 개인의 기준에 따라 다르다. 큰돈을 쓸 수 있는 구조를 갖추고 안정적인 수입이 될 수 있다면, 당연히 생활의 안정과 품위 유지가 될 수 있다. 하지만 부족하면 부족한 대로 자기 수준에 맞게 소탈하게 지내는 것도 돈에 휘둘리지 않는 방법이 될 것이다. 진정한 현실감은 남과 비교하는 것이 아니라 독립적으로 자신의 삶을 보는 것에서 온다.

　남과의 비교는 성숙지 못한 자만심이나 반대로 열등감, 위축감으로 끝날 가능성이 크다. 한눈에 비교할 수 있는 것들은 사실 숫자놀음이고 남에게 과시하기 좋은 간판일 뿐이다. 숫자로부터 자유로워지는 것도 건강하고 품격 있는 노후 준비 중 하나가 될 것이다.

울고 있는 사람을 볼 때 어떻게 하나? 교차표

구 분			울고 있는 사람을 볼 때 어떻게 하나?					전체
			참는다	공감만 한다	같이 눈물 난다	일부러 외면 한다	기타	
연령	20대 이하	빈도	7	46	25	17	23	119
		연령의%	5.9	38.7	21.8	14.3	19.3	100.0
	20대	빈도	11	81	66	22	18	198
		연령의%	5.6	40.9	33.3	11.1	9.1	100.0
	30대	빈도	11	110	97	14	14	246
		연령의%	4.5	44.7	39.4	5.7	5.7	100.0
	40대	빈도	5	72	53	13	11	154
		연령의%	3.2	46.8	34.4	8.4	7.1	100.0
	50대	빈도	7	49	56	11	10	133
		연령의%	5.3	36.8	42.1	8.3	7.5	100.0
	60대	빈도	11	67	97	16	5	196
		연령의%	5.6	34.2	49.5	8.2	2.6	100.0
	전체	빈도	52	425	395	93	81	1,046
		연령의%	5.0	40.6	37.8	8.9	7.7	100.0

분석: '울고 있는 사람을 볼 때 어떻게 하나?'라는 질문에 '공감만 한다'라는 응답과 같이 '눈물 난다'라는 답변이 비슷하게 나타났다. 연령대가 높을수록 '같이 눈물 난다'라는 답변이 많은 것은 각자의 인생에 대한 한이 서려 있다고 미루어 해석할 수 있다.

앙케트 내용 중에는 '눈물을 나눌 수 있는 사람은 행복한 사람이다. 행복도 불행도 함께 할 사람이 있다는 것이므로', '공감의 눈물을 많이… 은혜의 눈물을 많이', '눈물은 제2의 공감', '내가 맘 놓고 울 수 있는 편한 사람이 있었으면 좋겠다', '자신의 감정을 다른 사람에게 알려주고 싶은 마음인 것 같습니다'로 눈물을 통해 공감받고 공감하고자 하는 기대를 드러내는 부분이 있었다.

자신을 위로할 줄 아는 사람이 회복 탄력성도 높다

인간에게는 자책과 열등감처럼 자기 비난의 기능도 있지만 자기 위안, 위로의 기능도 있다. 자신을 충분히 위로할 수 있는 사람이 남도 잘 위로해준다. 위로하는 법을 아는 사람은 인생의 어려움에 부딪혔을 때 절망하지 않는다. 잠시 슬픔에 빠지지만, 오뚝이처럼 탄력성 있게 뛰어 일어난다. 이것을 '회복 탄력성'이라고 한다.

회복 탄력성이 높은 사람의 특징 중 하나는 자신이 처한 상황을 정확히 판단하고자 노력한다는 공통점이 있었다. 대부분의 사람은 곤

란한 현실을 직면하는 것을 불편해하고 거부하거나, 생각만으로도 분노가 일어나 감정적으로 무너지곤 한다. 어떤 사람은 고난이 오면 모든 것을 포기하고 주저앉아버린다. 이런 사람들은 자신을 희생자라고 생각하며 환경을 원망하고 주위 사람들에게 문제의 원인을 돌리느라 바쁘다. 그런 사람들은 고난 속에서 아무것도 어떤 교훈도 찾아내지 못한다. 그러나 회복 탄력성이 높은 사람은 고난 속에 있으면서도 자신의 상황을 객관화시켜 볼 수 있다. 자신만 그런 일을 당한 것인지, 과연 상대방이 문제를 일으킨 원인의 전부인지, 지금의 어려움을 잘 통과하면 얻을 수 있는 것이 무엇일지 질문 속에서 해결책을 찾고 최선의 결과를 만들어낼 줄 아는 것이다.

'원망'은 가장 열등한 감정처리 방법이다. 그 이유는 타인과의 관계는 물론 자신이 갖고 있는 에너지까지 뺏길 수 있기 때문이다. 그러므로 제대로 위로해주는 방법을 아는 것도 중요할 것이다.

위로하는 뜻으로 하는 말이지만 전혀 도움이 되지 않는 말이 있다. "뭐, 그깟 일로. 나도 살았어", "신앙심이 깊은 사람은 슬퍼하면 안 된다", "시간이 흐르면 저절로 다 괜찮아진다", "될 수 있으면 그 일은 잊어버리고 바쁘게 살아라", "괜찮아. 잘 될 거야", "자, 힘내!", "파이팅!"

성의 없이 하는 위로는 '정말 내 상황이 어떤지 알고나 있나?' 하는 의문이 들게 만든다. 섣부른 위로는 금물이다. 그저 옆에서 슬퍼하는 이의 이야기를 들어주고 그 눈물에 공감해주면 된다.

여자의 눈물은 남자에게
얼마나 영향을 주나? 교차표

구 분			여자의 눈물은 남자에게 얼마나 영향을 주나?					전체
			매우 약하다	조금 약하다	보통이다	조금 영향을 준다	매우 영향을 준다	
연령	20대 이하	빈도	16	5	40	35	20	116
		연령의%	13.8	4.3	34.5	30.2	17.2	100.0
	20대	빈도	13	19	63	63	39	197
		연령의%	6.6	9.6	32.0	32.0	19.8	100.0
	30대	빈도	18	13	69	102	44	246
		연령의%	7.3	5.3	28.0	41.5	17.9	100.0
	40대	빈도	10	13	32	55	43	153
		연령의%	6.5	8.5	20.9	35.9	28.1	100.0
	50대	빈도	12	9	23	44	44	132
		연령의%	9.1	6.8	17.4	33.3	33.3	100.0
	60대	빈도	24	26	53	51	36	190
		연령의%	12.6	13.7	27.9	26.8	18.9	100.0
	전체	빈도	93	85	280	350	226	1,034
		연령의%	9.0	8.2	27.1	33.8	21.9	100.0

분석: 여자가 흘리는 눈물의 효과에서도 일반적인 눈물의 효과와 비슷하게 80% 정도가 '보통이다' 이상의 답변을 보였다. 즉 여자의 눈물도 보통 이상의 영향을 주는 것으로 나타났다.

 여자의 눈물에 대한 다른 의견은, '눈물을 무기로 생각하는 사람은 짜증 난다', '너무 자주 흘리면 효과가 떨어진다' 등이 있었다.

남자에게 여자의 눈물은 대부분 정답이 정해져 있지 않은 문제지와 같다. 왜 우는지 이유를 알 것 같기도 하지만, 엉뚱한 곳에 이유가 있을 수 있다. "네 죄를 네가 알렸다"라는 식으로 스무고개를 시작하면 두 손을 들 수밖에 없다.

신화 속에서는 남자 앞에서 눈물을 짓는 여자가 아니라 인간의 비극적 운명에 돌이 되어버린 한 여자의 이야기가 나온다.

테바이의 왕 암피온의 아내 니오베는 아들 일곱, 딸 일곱에 그야말로 세상에 부러울 것이 없는 모든 것을 다 가진 여자였다. 당시 테바이에서 숭배하는 레토 여신은 자식으로 아폴론과 아르테미스 남매만 있었다. 자만심에 들뜬 니오베는 레토 여신보다도 자신이 더 훌륭하고 소리를 내어 자랑했다. 이에 분개한 레토 여신은 자식인 태양의 신 아폴론과 사냥의 신 아르테미스에게 오만방자한 니오베가 자신을 능멸한 것에 대해 울분을 터트렸다. 아폴론과 아르테미스는 레토 여신의 편을 들어 니오베의 자식들을 모두 죽인다. 아폴론은 아들들을 아르테미스는 딸들을 화살을 쏘아 죽였다. 『일리아스』에 의하면 니오베의 죽은 자식들은 10일 동안이나 무덤도 없이 버려졌다고 전해진다.

아폴론의 활에 의해 아들들이 모두 죽자 니오베의 남편 암피온은 슬픔을 견디지 못해 자살함으로써 슬픔과 목숨을 동시에 끝냈다고 한다. 그러나 니오베는 그 고통과 슬픔의 순간에도 아직도 딸이 7명이나 있는 자신이 승리자라고 울부짖었다. 그러나 딸들도 차례로 비참하게 죽어갔고 딸 하나만 남게 되었다. 그제서야 니오베는 막내딸 하나만 살려달라고 간청했지만, 말이 끝내기 전에 막내딸도 쓰러져 죽었다.

『변신 이야기』에는 자식을 모두 잃고 난 후 슬픔으로 몸이 굳어져 돌이 되어 버린 니오베를 "슬픔으로 몸이 딱딱하게 굳어지고, 얼굴은 핏기가 빠져나가 창백했으며, 두 눈은 슬픔에 잠겨 멍하게 있었다. 살아 있는 사람의 모습은 아무것도 없었다"라고 묘사했다. 니오베는 그대로 돌이 되어 버렸는데, 그 후에도 눈에서는 계속 눈물이 흘렀다고 전해지고 있다.

자식을 잃는 어머니의 눈물만큼 애절한 슬픔은 없을 것이다. 아버지가 견딜 수 없어 자살을 해버렸지만, 어머니는 슬픔을 그대로 끌어안고 끝까지 살아남는다. 그러나 요즘 우리나라에서 일어나는 존속학대와 살해사건을 보면 모정의 신화에 의심이 생긴다. 그런데도 모성에 관한 믿음과 신화는 여간해서 없어지지 않을 것이다. "신은 곳곳에 있을 수 없기 때문에 인간에게 어머니를 보냈다"라는 탈무드의 격언처럼 우리는 영원한 모성을 그리워하며 살아가기 때문이다.

남자의 눈물은 여자에게 얼마나 영향을 주나? 교차표

구 분			남자의 눈물은 여자에게 얼마나 영향을 주나?					전체
			매우 약하다	조금 약하다	보통이다	조금 영향을 준다	매우 영향을 준다	
연령	20대 이하	빈도	25	15	40	24	12	116
		연령의%	21.6	12.9	34.5	20.7	10.3	100.0
	20대	빈도	25	22	64	55	30	197
		연령의%	13.2	11.2	32.5	27.9	15.2	100.0
	30대	빈도	30	20	63	89	44	246
		연령의%	12.2	8.1	25.6	36.2	17.9	100.0
	40대	빈도	21	21	35	49	28	154
		연령의%	13.8	13.6	22.7	31.8	18.2	100.0
	50대	빈도	15	10	31	33	44	133
		연령의%	11.3	7.5	23.3	24.8	33.1	100.0
	60대	빈도	26	17	54	48	43	188
		연령의%	13.8	9.0	28.7	25.5	22.9	100.0
	전체	빈도	143	105	287	298	201	1,034
		연령의%	13.8	10.2	27.8	28.8	19.4	100.0

분석: 남자가 흘린 눈물의 효과에서도 일반적인 눈물의 효과와 비슷하게 70% 정도가 '보통이다' 이상의 답변을 보였다. 그러나 여자보다는 '매우 약하다'라는 응답이 늘어난 것은 아직도 남자에게는 눈물이 잘 어울리지 않는다는 반증으로도 볼 수 있다.

이외로 '가끔 남자의 눈물은 술을 마신 사람들처럼 진솔한 대화를 가능하게 해준다', '울면 상대방에게 더 상처를 줄 수 있으니 혼자가 되는 게 낫다고 생각한다'라는 의견도 있었다. 어릴 때는 성별 구분 없이 눈물을 흘리는 정도가 비슷하다. 유치원에 가보면 여자아이와 별 차이가 없어 보일 정도로 남자아이의 우는 횟수가 비슷하다. 여자아이들의 어휘력이 더 뛰어나고 감정도 풍부하기 때문에 다양한 표현을 할 수 있고, 눈물을 흘리는 의미 또한 정확히 설명할 수 있기 때문일 것이다. 남자아이들의 눈물이 줄어들기 시작하는 시기는 사춘기를 전후해서가 아닐까 싶다.

4

경제상황에 따른
교차 분석

일 년에 몇 번 우나? 교차표

구 분			일 년에 몇 번 우나?					전체
			1~2번	3~4번	5~6번	7~10번	11번 이상	
경제상황 연소득	2,000만원 미만	빈도	168	68	24	6	16	282
		경제상황(연소득)의%	59.6	24.1	8.5	2.1	5.7	100.0
	2,000만원~ 4,000만원	빈도	263	89	15	6	14	387
		경제상황(연소득)의%	68.0	23.0	3.9	1.6	3.6	100.0
	4,000만원~ 6,000만원	빈도	106	49	7	1	9	172
		경제상황(연소득)의%	61.6	28.5	4.1	0.6	5.2	100.0
	6,000만원~ 8,000만원	빈도	78	17	2	0	5	102
		경제상황(연소득)의%	76.5	16.7	2.0	0.0	4.9	100.0
	8,000만원 이상	빈도	54	18	1	1	0	74
		경제상황(연소득)의%	73.0	24.3	1.4	1.4	0.0	100.0
	전체	빈도	669	241	49	14	44	1,017
		경제상황(연소득)의%	65.8	23.7	4.8	1.4	4.3	100.0

분석 : '일 년에 몇 번 우나'라는 설문에서는 65.8%가 1~2번 운다고 답하였으며 그다음으로는 3~4번 운다가 23.7%를 기록했다. 소득이 높을수록 적게 울고, 소득이 낮을수록 많이 우는 것으로 나타났다. 그러나 유의확률 .019로서 유의수준 .001 수준에서 통계적으로 무의미한 것으로 처리되었다.

소득과 자살률의 상관성

'우울증 발병률로 봤을 때도 소득 수준이 낮을수록 우울증 경험률이 높아지는 경향이 나타나 저소득층이 15.3%로 가장 높게, 고소득층이 10.9%로 가장 낮은 비율로 나타났다.'

이시카와 다쿠보쿠의 「한 줌의 모래」라는 하이쿠에서는 가난을 "일을 해도 고달픈 살림, 물끄러미 손바닥을 보고 또 보네"라고 표현한다. 열심히 사느라 애를 써 봐도 남는 게 없을 때 하루, 일주일, 한 달이 그저 숨 가쁘게 넘겨야 하는 레이스라는 생각이 들 때 기운이 빠지는 것은 당연한 감정일 터다.

소득이 높을수록 우는 횟수가 적다는 것은 슬픔 속에 오래 잠겨 있지 않아도 될 만큼 기분이나 상황을 전환하기가 쉽기 때문일 수 있다. 기분전환을 위해 외식과 쇼핑, 미용, 영화 관람만 해도 깊은 우울까지 가지 않고 수월하게 빠져나올 가능성이 높다.

다음 내용에는 생활여건과 자살률의 관계가 더욱 분명하게 나타나고 있다.

비영리 조사 네트워크 '공공의창(窓)'에서는 전국 17개 시, 도 252개 시군구, 3491개 읍면동을 자살위기자 비율이 높은 순서로 구분해 5개 등급을 매겼다. 그 결과, 주거환경이 자살에 큰 영향을 미친다는 사실이 수치로 확인됐다. 지역에 상관없이 '20평 이하 월세'로 살고 있는 이들 중에 자살을 생각해본 적 있는 자살위기자가 많았다. 이를 통해 우울, 스트레스, 분노 등 정신적 문제뿐만 아니라 사회, 경제적 요인도 주된 원인이 된다는 것을 알 수 있었다. 생활환경과 자살위기자의 상관성은 어떤 것이 먼저라고 하기 어려울 만큼 밀접한 관계가 있다. 그러므로 열악한 생활환경을 개인의 책임으로만 돌리지 말고 국가적인 시스템을 통해 재정비하는 노력도 필요하다.

성인이 느끼는 가난보다 더욱 큰 영향을 미치는 것은 아이가 겪어야 하는 가난한 상황이다. 아직 어린아이가 최소한의 보호도 받지 못하는 환경에 노출되었을 때, 물질적인 것은 물론 심리적으로도 큰 상처를 받는다.

가난의 예로 『나의 라임 오렌지 나무』에 나오는 제제네 가족보다 더 슬픈 경우는 흔치 않을 것이다. 물질의 가난에 신체적인 학대, 정신적인 폭력까지 더해지면 어떤 상황이 될지 상상할 수 있을까.

제제는 다섯 살 바기 남자아이다. 말썽과 장난으로 하루하루를 보내지만, 마음속에는 따듯한 사랑이 있어 가족에게 뭔가 도움이 되고 싶어 한다.

그해 크리스마스 때였다. 제제는 태어날 때부터 약했고 아파서 누워 있을 때가 많은 여동생을 데리고 무료로 나누어주는 선물을 받으러 읍내로 간다. 춥고도 먼 길을 걸어 읍내에 도착했지만, 선물을 실은 차는 떠나고 길거리엔 선물을 싼 포장지만 이리저리 날아다니고 있다. 제제는 하느님을 믿지 않기로 한다. 자신은 못된 아이라 선물을 못 받는다고 해도 동생은 나쁜 짓 한 번 한 적 없는 착한 아이이기 때문이다. 집에 와도 어둡고 서늘하기는 마찬가지다. 포근한 조명과 크리스마스 트리, 칠면조가 익어가는 냄새, 케이크와 선물 같은 것은 상상할 수도 없다. 추운 거리에서 돌아와 혹시나 하고 부엌을 기웃거리던 식구들은 각자 조용히 자기 방으로 간다.

가난이 뺏어가는 건 동화와 꿈, 크림처럼 달콤한 환상 같은 것이 아닐까. 제제네 식구의 가난은 어둠과 추위, 말 없음, 한숨, 눈물로 상징화된다. 돈이 있으면 해결될 수 있는 일이 너무나 많은 것 같다. 아버지는 더 이상 실업자가 아니며 가족들에게 당당하고 너그러운 가장 역할을 할 것이고, 어머니와 누나는 끔찍한 노동에서 풀려나 깨끗하고 쾌적한 환경 속에서 좋은 재료로 요리하며, 크리스마스 선물을 받은 아이들은 기쁨의 환호성을 지른다. 책에 나오는 분위기와 180도 다르다.

그런데도 많은 철학자와 저자, 심지어 부자들마저도 돈이 행복을 가져올 것이라는 생각이 환상에 불과하다는 것을 역설한다. 돈이 없는 사람에게는 그 말처럼 공허하게 들리는 말도 드물 것이다. 대부분의 사람은 "행복하지 않더라도 돈 한번 원 없이 써 봤으면 좋겠다"라는 생각부터 떠오를 테니까.

돈으로 많은 부분 해결될 수 있음에도 불구하고 백만장자들도 별로 행복하지 않다는 것을 보여주는 조사결과도 많다. 2005년 미국 PNC 어드바이저에서 792명의 백만장자를 대상으로 본인이 느끼는 행복도를 조사하였다. 그 결과 응답자 중 500명은 돈이 행복을 가져다주지 못했다고 응답했다고 한다. 1천만 달러 이상의 재산을 가진 부자 중 3분의 1은 돈이 문제를 해결해주기보다는 오히려 더 많은 문제를 일으켰으며, 많은 돈을 가진 것은 늘 골칫거리라고 대답했다. 돈이 많으면 많을수록 행복도가 올라갈 것으로 생각하지만 연 수입 9만 달러를 넘으면 별 차이가 없어진다고 한다.

그렇다면 가난 때문에 불행한 것이 아니라, 원래 힘든 상황에 가난이라는 조건까지 겹쳐지면서 더욱 어려워지는 것일 가능성이 높다. 불행한 이유를 가난으로 돌리면 돈이 아닌 것으로 해결할 수 있는 부분까지 보지 못할 수 있다. 게다가 남들과 비교하면서 비참한 생각까지 더해져 몇 배 더 힘들어진다.

5

남을 위해
흘리는 눈물

예수님의 눈물

'예수도 때로는 울기도 하셨네' 나는 이 찬송가를 좋아한다. '어떻게 예수님이 울 수 있나?', '예수님은 살아계신 주요, 하나님의 아들 아니시던가' 하지만 예수님은 땅에 엎드리어 그 어떤 인간보다도 슬프게 울었다. 만약 예수님이 피도 눈물도 없는 사람이라면, 어떤 경우에도 흔들리거나 약해지지 않았다면 인간은 그 앞에서 얼마나 부끄럽고 좌절할 것인가. 예수님의 눈물은 하나님의 눈물과 같은 것이다.

성경에는 세 번에 걸쳐 예수님의 눈물이 나오고 있다.

나사로 죽음 앞에서의 눈물

이렇게 말한 뒤에, 마르다는 가서 그 자매 마리아를 불러서 가만히 말하였다. "선생님께서 와 계시는데, 너를 부르신다." 이 말을 듣고, 마리아는 급히 일어나서 예수께로 갔다. 예수께서는 아직 동네에 들어가지 않으시고 마르다가 예수를 맞이하던 곳에 그냥 계셨다. 집에서 마리아와 함께 있으면서 그를 위로해 주던 유대 사람들은 마리아가 급히 일어나서 나가는 것을 보고, 무덤으로 가서 울려고 하는 것으로 생각하고 그를 따라갔다. 마리아는 예수께서 계신 곳으로 와서 예수님을 뵙고 그 발아래에 엎드려서 말하였다. "주님, 주님이 여기에 계셨더라면, 내 오라버니가 죽지 않았을 것입니다." 예수께서는 마리아가 우는 것과 함께 따라온 유대 사람들이 우는 것을 보시고 마음이 비통하여 괴로워하셨다. 예수께서 그들에게 물으셨다. "그를 어디에 두었느냐?" 그들이 대답하였다. "주님, 와 보십시오." 예수께서는 눈물을 흘리셨다. 그러자 유대 사람들은 "보시오, 그가 얼마나 나사로를 사랑하였는가!" 하고 말하였다. 그 가운데서 어떤 사람은 이렇게 말하였다. "눈먼 사람의 눈을 뜨게 하신 분이, 이 사람을 죽지 않게 하실 수 없었단 말이오?

요한복음 11:28-37

예수님이 '심령에 비통히 여기셨다'라는 뜻은 무엇일까? 격하게 우는 여인들을 보고 예수님도 함께 슬퍼하신 것일까? 헬라어 '엠브리

마오마이'는 '…을 위하여'를 뜻하는 전치사 '엔'과 '격노하다'는 뜻의 '브리마오아이'의 합성어로써, 특히 불순종에 대한 격렬한 분노를 의미한다. 이것은 예수님이 나사로의 죽음을 함께 슬퍼하며 비통히 여기신 것이 아니라, 죄와 그 죄의 영향 아래 속박된 사람들을 보면서 '분노'로 가슴이 아팠다는 것을 의미한다.

마리아와 마르다는 "오빠가 무슨 죄가 있길래", "우리는 왜 이렇게 불행할까", "앞으로 어떻게 살지?"라며 제 설움에 겨워 울고 있었을 것이고, 위로해주는 무리 역시 나사로의 죽음을 보며 "벌을 받았다"라고 생각했을 수 있었을 것이다.

그것은 '하나님의 부재'에 대한 고통이었다.(21, 32절) "주께서 여기 계셨더라면 오빠가 죽지 않았을 것입니다." 반복되는 이 두 자매의 아쉬움과 원망, 그리고 비통의 원인은 한마디로 '신(神)의 부재(不在)'에 대한 고뇌였다. "왜 주님이 내 고통 가운데 임재하지 않으시는가?", "하나님은 우리와 함께하시는가?" 이 말은 하나님을 믿는 인간들이 고통의 한 가운데에서 부르짖는 최후의 질문이다.

무리의 눈물(33절)은 동병상련의 고뇌와 고통 속에서 절망하고 있는 '죽음과 고난의 공감성'에서 비롯되었다. 홀로 고난 앞에 있는 인간은 하나님을 찾지만, 무리를 지어 있다가 고난에 마주친 인간은 하나님을 부정하기가 쉽다. 무리의 눈물은 카타르시스의 도움은 주지만, 인간의 근원적인 비극의 원인을 제거할 가능성이 적은 것이다.

예수님의 눈물(35절)은 긍휼과 사랑과 연민의 눈물이었다.(35절) 이 눈물은 "주여, 보시옵소서. 사랑하는 자가 병들었나이다"(3절), "예수께서 본래 그 동생과 나사로를 사랑하시더니"(5절), "우리 친구 나사로가 잠들었도다"(11절), "심령에 민망히 여기시며…"의 구절을 살펴볼 때, 예수님의 눈물은 그분의 인성(人性)에 근거한 깊은 '공감의 눈물'이었다. 이처럼 그분은 인간의 연민, 고통, 상실의 아픔을 친히 체휼하시는 분이시기 때문에 함께 우시는 분이다! 또한 '죽음과 불신(不信)' 앞에서 거룩한 분노를 드러내시며, 인간의 연약함에 안타까운 눈물을 흘리시는 분이시다.

종려주일의 눈물

예수님은 종려주일에 예루살렘에 입성하셔서 성전을 바라보면서 눈물을 흘리셨다. 예수님은 감람산을 내려오실 때 예루살렘에 장차 있을 이 비극을 훤히 내다보고 계셨다.

"가까이 오사 성을 보시고 우시며" 예수님이 예루살렘 성에 들어오실 때 많은 사람들이 종려나무 가지를 흔들며 "호산나, 찬송하리로다!" 소리를 지르면서 환영한다. 그런데 오히려 예수님은 무리를 보고 우신 것이다. 당시 예루살렘은 유월절 명절을 앞두고 온통 축제 분위기에 휩싸여 있었고 예수님이 세상의 왕이 될 것이라고 확신하고 있었다. 이제 마지막을 준비하고 있는 예수님에게 그들의 환성과 환호는 얼마나 답답하고 안타까운 현상이었을까. 예수님은 말을 못 알아듣는 세대, 소통이 단절된 사람들에게 큰 슬픔을 느끼셨을 것이다.

겟세마네 동산에서의 눈물

"그는 육체에 계실 때에 자기를 죽음에서 능히 구원하실 이에게 심한 통곡과 눈물로 간구와 소원을 올렸고"(히5:7) 예수께서는 십자가를 눈앞에 두고 겟세마네 동산에서 기도하실 때 땀방울이 핏방울 되도록 심한 통곡을 하시면서 눈물을 흘리셨다.

이미 예정된 일이지만 인간의 육체를 입은 예수님의 마음은 "이 잔을 내게서 옮겨주시옵소서"였다. "하나님 하실 수만 있으면 이 십자가 죽음의 잔을 제게서 옮겨주십시오" 이 기도문만 봐도 예수님이 얼마나 십자가의 죽음을 피하고 싶었지를 알 수 있다. 이 구절을 읽을 때마다 감동을 받는 것은 하나님의 아들이면서도 인간의 약함과 고뇌를 깊이 느끼고 약함을 그대로 드러내신 부분 때문이다. 예수님이 약한 모습을 보여주셨기 때문에 나 또한 흔들리고 약한 모습 그대로 예수님에게로 나갈 수 있다.

과연 예수님이 단지 채찍을 맞아야 하는 고통, 가시면류관을 써야 하는 수치심, 십자가에 못 박히셔서 피 흘리셔야 하는 두려움 때문에 죽음을 피하고 싶으셨을까.

그렇지 않으셨다. 예수님은 육신의 고난보다 영의 죽음을 훨씬 더 두려워하셨다. 예수님은 늘 동행했던 하나님과 단절되어야 하는 것이 너무나 두려우셨던 것이다. 지금까지는 아무리 힘이 없어도 하나님이 동행하신다는 확신이 있기에 예수님은 그 어떤 힘든 것도 다 참아낼 수 있었다. 하지만 십자가 죽음 앞에서는 하나님도 함께하실 수 없다는 것을 예수님은 알고 계셨다. 우리를 대신하여 죽으셔야 하는 그 죽음에는 육체의 죽음만 있는 게 아니라 영적인 죽음도 포함되어 있기 때문이라는 것을.

"나의 하나님! 나의 하나님! 어찌하여 나를 버리시나이까!"

하나님과 단절된 두려움보다 더 큰 두려움이 어디 있으며, 그 암흑보다 더 큰 어두움이 어떤 것일까.

아버지의 눈물

자식을 위해 흘린 눈물 중에 헥토르의 아버지 '프리아모스' 왕을 기억할 수 있을 것이다.

그리스 신들이 잔치를 벌이고 있을 때 불화의 여신 에리스가 황금 사과 한 알을 던졌는데, 표면에 '가장 아름다운 여신에게'라고 적혀 있었다. 그 사과를 헬레네가 받았고 트로이의 왕자 파리스가 그리스로 오면서 두 사람은 사랑에 빠지게 된다. 그러나 헬레네는 스파르타 왕 메넬라오스의 아내였다. 둘이 트로이로 도망한 것이 도화선이 되어 그리스군과 트로이의 전쟁이 일어난다.

전쟁 중 트로이의 명장 헥토르에게 아킬레우스의 친구 파트로클로스가 죽임을 당한다. 분노한 아킬레우스는 친구의 복수를 위해 헥토르와 겨루었고 아킬레우스가 던진 창이 헥토르의 목울대를 명중시켜 전사하게 된다. 헥토르의 죽음에도 분을 참지 못한 아킬레우스는 그의 시신을 묶어 전차 뒤에 매달고는 온 사방으로 끌고 다닌다. 성벽 위에서 트로이의 왕 프리아모스와 왕비 헤카베가 아킬레우스의 행태를 지켜보았다. 파리스와 헥토르, 두 아들을 잃은 아모스 왕은 재를 뒤집어쓰고 목 놓아 운다.

이튿날 밤, 아킬레우스의 군진에 한 노인이 찾아왔다. 그는 아킬레우스의 발 앞에 무릎을 꿇고 눈물을 흘리며 말한다.

"장군, 부디 내 아들의 시신을 돌려주시오. 부디 당신의 아버지를 생각해주시오. 죽을 날이 내일인지 모레인지 모르는 노인들은 아들의 모습을 보며 어려움을 견디는 법입니다. 그렇지만 지금 나에게는 어려움을 견딜 아무런 낙이 없습니다. 얼마 전까지 '트로이의 꽃'이라고 불리던 아들 둘이 모두 죽었기 때문이지요."

순간, 아킬레우스의 마음에 변화가 일어났다. 위험을 무릅쓰고 적의 진영에 숨어들어온, 왕의 신분을 내려놓고 새파랗게 젊은 자신의 발 앞에 무릎을 꿇고 눈물 흘리는 프리아모스의 지극한 자식 사랑이 그의 마음을 움직였던 것이다. 그 자신 고향에서 자신의 안위만을 빌고 있을 아버지의 아들임을 깨달았기 때문이었다.

참혹한 전투 속에서도 인간의 본성, 진실은 통한다는 이야기다. 그런 면에서 우리는 모두 부모이자 자식일 수밖에 없는 것이다. 때로 부모와 자식 간의 갈등마저도 사랑의 한 측면임을 깨달을 때 인간의 깊이는 더해질 것이다.

운명 앞에 무릎 꿇은 인간의 눈물

오이디푸스 왕의 눈물

일반적으로 비극의 결말은 죽음으로 비장하게 끝나기가 쉽고 희극은 결혼이나 재회 등 기쁜 결말일 경우가 많다. 소포클레스의 『오이디푸스 왕』과 세익스피어의 『햄릿』은 비극의 결말이 어떻게 되는지 잘 보여준다.

오이디푸스는 그리스 도시 테베의 왕 라이오스와 왕비 이오카스테의 아들로 태어났다. 그는 '장차 아비를 죽이고 어미를 범한다'는 신탁으로 인해 태어나자마자 왕의 부하에 의해 죽을 운명에 처하게 된다. 하지만 부하는 차마 아기를 죽이지 못하고 숲속에 버리고 온다. 친부모에게 버림받은 오이디푸스는 코린토스의 왕 폴리보스와 왕비 메로페의 손에 길러진다. 코린토스의 왕자로 성장한 오이디푸스는 델포이 신전을 찾아갔다가 자신이 아버지를 죽이고 어머니와 결혼할 것이라는 신탁을 듣게 되었다. 폴리보스를 자신의 친아버지로 알고 있던 오이디푸스는 가혹한 운명을 피하고자 코린토스를 떠났다.

그러던 어느 날 테베로 가는 좁은 길목에서 그는 라이오스 일행과 마주쳤고 누가 먼저 지나갈 것인가를 두고 시비가 붙었다. 오이디푸스는 라이오스 왕의 시종 하나가 자신의 말을 죽이는 것을 보고 분노하여 왕의 일행 모두를 죽이고 말았다. 테베에 도착한 오이디푸스에게 스핑크스가 내는 수수께끼를 맞혀야 하는 숙제가 주어졌다.

당시 테베의 바위산에는 스핑크스가 있었는데 지나가는 사람에게 "아침에는 네 다리로, 낮에는 두 다리로, 밤에는 세 다리로 걷는 짐승이 무엇이냐?"라는 이른바 '스핑크스의 수수께끼'를 내어 문제를 풀지 못한 사람을 잡아먹고 있었다. 오이디푸스는 "그것은 사람이다. 왜냐하면 어렸을 때 네 다리로 기고, 자라서는 두 발로 걷고, 늙어서는 지팡이를 짚어 세 다리로 걷기 때문이다"라고 대답을 한다. 그 말을 들은 스핑크스는 물속에 몸을 던져 죽었다. 오이디푸스가 문제를 맞히자 테베의 시민들이 그를 받아들여 왕으로 삼았고, 과부가 된 이오카스테 왕비를 아내로 삼아 자식들까지 낳았다. 얼마 지나지 않아 테베에는 원인 모를 전염병이 돌기 시작했다. 오이디푸스는 걱정스러운 마음에 신전을 찾았고 라이오스 왕의 죽음에 관한 진실을 밝혀지만 역병이 그칠 것이라는 신탁을 전해 들었다. 오이디푸스는 문제를 해결하기 위하여 원인을 파헤치던 중 자신이 저지른 일을 알게 되었다. 충격과 고통 속에서 오이디푸스는 자신의 눈을 뽑았고, 왕비는 자살했다. 이후 오이디푸스의 운명에 대해서는 여러 가지 설들이 전해오고 있다.

오이디푸스 왕의 이야기는 운명에서 벗어날 수 없는 인간의 한계를 보여준다. 사람들은 자신이 감당할 수 없는 비극적인 상황에 놓였을 때 보이지 않는 거대한 운명의 힘을 느끼기도 하고 공평하지 않은 하늘을 원망하기도 한다. 때로는 코앞의 불행을 감지하지 못하고 오만하게 행동하는 존재가 인간이기도 하다. 그 누구보다도 강하다고 자부하던 사람이 지푸라기만도 못할 수 있음을 깨달을 때, 한 발 더 겸손한 자리로 내려갈 수 있는 것이다.

비운의 왕자 햄릿

햄릿은 덴마크의 왕자다. 어느 날 왕이 갑자기 죽은 후 왕의 동생이며 햄릿의 숙부인 클로디어스가 왕위에 올랐고, 얼마 지나지 않아 그는 선왕의 왕비 거트루드와 재혼하였다. 햄릿 왕자는 '무덤에 흙이 마르기도 전에' 숙부에게 사랑을 맹세하는 어머니를 이해할 수 없었고 두 사람이 하는 행각 역시 역겹기만 하다. 햄릿은 아버지의 죽음에 숙부가 관련되어 있을 것이라는 의심을 품고 있다.

그때 보초를 서던 군사들로부터 밤마다 궁 초소에 선왕(先王)의 망령이 나타난다는 말을 듣게 된다. 이를 확인하고자 초소로 간 햄릿은 선왕의 망령으로부터 자신이 동생에 의하여 독살(毒殺)되었다며 복수를 하라는 명령을 듣는다. 의심이 사실로 확인된 것을 알게 된 햄릿은 거짓으로 미친 척을 하며 사랑하는 여인 오필리아에게도 냉랭해진다.

햄릿은 선왕이 한 행동을 확인하고자 극단에 국왕 살해 과정을 연극으로 꾸미게 한다. 연극이 시작되고 공연 도중 당황하는 숙부를 보며 선왕의 죽음에 대한 내막을 확신한다. 그런데도 햄릿은 바로 숙부를 죽이지 못하고 망설이고 있다가 커튼 뒤에 숨어 있던 신하 폴로니어스를 숙부로 착각하여 죽인다. 숙부는 햄릿을 잉글랜드로 보내 살해하려고 한다. 하지만 그는 중간에 편지를 뜯어보고 살아 돌아오게 된다.

한편, 햄릿에 의해 죽임을 당한 폴로니어스의 아들 레어티스는 아버지의 복수를 위해 왕과 짜고 왕과 왕비 앞에서 햄릿과 펜싱 시합을 벌인다. 햄릿을 죽이기 위해 독을 바른 칼로 시합을 한 레어티스는 햄릿에게 상처를 입혔으나, 시합 도중 떨어뜨린 칼을 바꿔들면서 자신도 칼에 찔리게 되고 죽기 직전 자신과 왕의 계략을 햄릿에게 알린다. 이미 독이 묻은 칼에 찔린 햄릿은 최후의 순간에 그 칼로 왕을 죽인 후 숨을 거두고, 왕비는 왕이 햄릿을 독살하려고 준비한 독주(毒酒)를 마시고 죽음을 맞게 된다. 이후 왕위는 노르웨이 왕자에게로 돌아간다.

비극을 '막장 드라마'라고 하는 이유는 죽어야 끝나기 때문이기도 한 것 같다. 막장은 더 이상 물러날 곳이 없는 사람이 있는 곳이다. 우리나라 탄광을 막장이라고 한 이유도 이런저런 일을 해보다 더 이상 갈 곳이 없을 때 마지막으로 가는 곳이었기 때문이었다. 막장을 경험하는 일은 누구에게나 큰 두려움이 될 것이다. 미래를 예측할 수 없는 인간은 수시로 불안에 싸일 수밖에 없다.

그런데도 예전이나 지금이나 비극이 없어지지 않는 이유는 '대리 체험'을 통해 위로를 얻을 수 있기 때문이다. 사람들은 자신이 가장 서럽고 억울하다고 느꼈을 때 끔찍한 비극을 보며 "나는 저 상황보다 낫다", "저렇게 되지 않은 게 얼마나 다행인가!" 하는 안도감을 느낀다. 그런 의미에서 앞으로도 비극과 막장은 가장 흔하고 익숙한 소재가 될 것이고 세상이 암울할수록 더 강하고 어두운 이야기를 끌어낼 가능성이 높다. 앙케트에서도 많은 사람이 드라마나 영화를 보고 눈물을 흘린다는 답이 있었는데, 이는 21세기인 지금도 비극과 슬픔을 대리 체험하는 부분이 있음을 드러내는 것이라고 생각한다.

6

두 여인과
눈물 세례

두 여인의 사랑

    오늘의 내가 있기까지는 나를 주관하시는 하나님의 섭리와 진심으로 나를 사랑해 준 두 여인의 공이 컸다. 그분들이 나를 희망으로 이끌었고, 그 희망 하나로 지금까지 버텨오고 있다 해도 과언이 아니다.

    첫 번째 여인은 나의 어머니이다. 나는 선천적인 장애가 아니라 두 살 때 소아마비에 걸리면서 후천적으로 장애를 입었다. 어머니는 내가 갑자기 배가 아프다며 토하고 열이 심하게 나는 증상에 걱정스러웠지만 소아마비라고는 상상도 못 하셨다고 한다. 병이 나을 즈음 마비

증상이 나타나는 것을 보고 얼마나 놀라셨는지 아프기 전의 상태로 돌릴 수 있는 온갖 처방을 다 해보셨다고 한다. 하지만 어머니의 바람대로 되지 않았고 눈물을 삼키며 나의 장애를 받아들여야 했다.

가난한 형편에 얼마나 많은 눈물을 흘리며 나를 키우셨을지 감히 상상하기도 죄스럽다. 그런데도 끊임없는 사랑과 따뜻한 웃음으로 나를 키워주신 어머니는 내 마음의 고향이고 절망을 딛고 살아갈 수 있는 희망이 되어 주셨다.

경기도 화성 발안이 고향인 나는 시골에서 성장하는 아이의 혜택을 골고루 누리며 자랐다. 비록 목발을 짚고 다녔지만, 그것이 불편하기보다는 팔이 연장이라도 된 것처럼 자유자재로 쓸 수 있었다. 다리가 약한 대신 팔의 힘이 세져서 활동하는 데 불편함을 거의 느끼지 못할 정도였다. 나는 못 말리는 개구쟁이로 동네 아이들을 몰고 다니는 골목대장이기도 했다. 밥만 먹으면 나가서 놀았고 장난도 심했다. 친구들에게 치이기는커녕 마음에 들지 않는 아이들을 때리거나 힘으로 윽박지르기까지 했다. 그 일 때문에 어머니가 학교에 불려 오신 적도 한두 번이 아니었다.

그런데도 크게 야단 한 번 치지 않던 어머니가 속이 상해서 "같이 죽자"고 한 적이 있었다. 한겨울, 아이들하고 썰매를 타러 가서 놀다가 빙판 중간에 있는 숨구멍에 빠져서 배까지 다 젖어서 집으로 들어왔을 때였다. 그러잖아도 사고가 날까 조마조마하던 차인데 다른 아이들은 다리까지밖에 안 차는 물에 배까지 젖어서 들어오니 속이 상해서 그러셨을 것이다. 초등학교 5학년 때는 동네 어귀에 있던 옹기제작소를 발칵 뒤집어 놓은 사건이 있었다. 그때는 학교 수업에 필요한 준비물을 각자 마련해 와야 했다. 어느 날 공작시간 준비물로 찰흙을 한 덩이씩 가져오라고 했다. 평소 같으면 주인 할머니가 찰흙 한 주먹 정도는 선선히 가져가라고 했는데 어찌 된 일인지 그날은 흙더미 옆에 얼씬도 못 하게 했다.

하는 수 없이 빈손으로 학교에 갔지만, 그냥 넘어갈 내가 아니었다. 아이들과 작당을 해서는 가마에 구워 말리고 있던 항아리를 모두 깨 버리고는 도망을 쳤다. 그 사실이 알려지고 나중에 어머니가 가셔서 깨진 항아리 값을 다 변상한 뒤에야 일이 마무리되었고, 나도 용서를 받을 수 있었다. 그렇게 매일이다시피 크고 작은 소란을 피우며 다니는 지독한 말썽꾸러기로 자랐다. 초등학교와 중학교, 고등학교에 다닐 때까지도 내가 장애인이라는 사실을 별로 개의치 않았고 별 생각 없이 아이들하고 놀며 명랑하게 성장할 수 있었던 것 같다.

아버지는 보건소의 말단 직원으로 지방에서 근무하셨고 그야말로 쥐꼬리만큼이나 적은 월급을 타 오셨다. 그래도 일주일에 한 번 오실 때마다 사탕을 가져다주셨다. 어린 마음에도 아버지가 어머니를 고생시킨다고 생각해서인지 아버지와는 대화가 거의 없었다.

대학교 1학년 때 아버지에게 후두암이 발병했다. 평소 서운한 마음이 있었어도 막상 말씀을 못 하고 고생하시는 것을 보니 마음이 답답하고 좋지 않았다. 그래서 오히려 짜증을 내기도 했는데 지금도 죄송한 생각이 든다. 편찮으실 때 좀 더 잘해드렸어야 했는데 후회도 된다.

어머니는 가용에 보태기 위해 바지락을 캐고, 겨울에는 생선 장사, 여름에는 과일 행상을 하시는 등 살림을 꾸리느라 애를 많이 쓰셨다. 경제 형편이 무척 어려웠을 텐데도 어머니께서는 내색 한 번 하지 않으셨다. 내게는 가능한 한 최고로 좋은 옷을 입히셨고 깨끗하고 단정해 보이도록 해주셨다. 매일 점심시간에는 아이들이 내 도시락 반찬이 무언지 구경을 하러 몰릴 정도였다. 어머니가 해주신 반찬이 너무나 정성이 깃들어 있고 맛도 좋은 진수성찬이었기 때문이었다. 어머니의 사랑 덕분에 나는 부족한 것 모르는 철부지로 자랐다.

그렇게 철이 없던 내가 어머니가 얼마나 힘들게 사시는지 가슴 아프게 깨달은 적이 한 번 있었다. 고등학교 1학년 여름 장마철이었다. 원래 버스노선이 지나야 할 개천에 물이 불어 시내로 돌아간다고 했다. 버스에 올라탄 나는 버스 창밖으로 퍼붓듯이 쏟아지는 빗줄기를 바라보고 있었다. 그때였다. 우산으로 비를 가리지도 못한 어머니가 과일바구니를 머리에 이고 걸어가고 계셨다. 종아리까지 물에 잠겨 빨리 걷지도 못하고 거센 물살을 헤치고 조심스럽게 두 손으로 바구니를 잡고 가시는 어머니의 모습이 너무나 안쓰러웠다. 그제야 비로소 어머니의 고단함이 뼈저리게 느껴졌다.

그날 이후 '어머니가 기뻐하실 수 있도록 잘 살아야겠다', '반드시 올바른 인간이 되어야겠다'는 각오를 다지게 되었고, 나의 인생을 어떻게 책임져야 할지 깊은 생각에 잠길 때가 많아졌다.

고등학교를 졸업한 후 대학에 가겠다는 결심을 하고 서울로 올라왔다. 부모님께 부담을 드리지 않겠다는 생각으로 독서실 총무 자리를 구하였다. 독서실 관리를 해주니 독서실비를 안 내도 되겠고 조금이나마 아르바이트비를 받으면 용돈 벌이는 될 것 같았다. 그렇게 서울 생활에 적응할 때쯤이었다.

세월은 사람을 기다려주지 않는다고 했던가. 믿어지지 않는 내용의 전보를 받았다. 어머니께서 뇌출혈로 쓰러지신 것이었다. '모친 사망'이라고 적혀 있는 전보를 받자마자 병원으로 달려갔다. 하지만 이미 어머니는 이미 의식을 잃은 상태였고 말 한마디 나눌 수 없었다.

첫 번째 '모친 위독'이라는 전보를 받고 갔을 때는 의식을 차리셔서 "아버지 말씀 잘 들어라"는 말씀을 하셨다.

어머니께서 숨이지는 걸 속수무책 바라보면서 이 세상에서 나에게 유일한 사랑을 안겨주셨던 단 한 분이 영원히 떠나가셨음을 너무나 가슴 아프게 실감해야 했다. 짧은 기간 동안 살다 가시느라 그리 큰 사랑을 주신 것일까.

어머니가 돌아가신 후 문상을 오신 분들이 나를 가리키면서 "쟤를 두고 어떻게 눈을 감으셨을까", "이 집은 거꾸로 됐어야 한다"라고 하셨다. 어머니가 사시고 아버지가 돌아가셨어야 나를 돌보아 줄 분이 있을 것이라는 말이었다. 그 어둡고도 침통한 분위기에 나까지 어머니를 목 놓아 부르고 울면 장례식장이 온통 울음바다가 될 것 같았다. 이런저런 사정이 보이니 마음이 무거워 나는 마음 놓고 울 수도 없었다.

얼마 전에야 심리학에 관한 책을 읽으며 그때의 나를 돌아볼 수 있었다. 어머니의 장례를 치른 후 왜 그렇게 알 수 없는 슬픈 감정, 무기력에 시달렸는지를….

나에게 어머니는 세상 전부였고, 밖으로 나갈 힘을 주는 존재였다. 내가 어떤 상황, 어떤 신체조건을 갖고 있더라도 무조건적으로 품어줄 수 있는 단 하나의 보루였던 것이다. 내 전부를 받쳐주던 세계가 무너졌는데도 애도하고 슬퍼할 수 없었던 것은 가슴에 무거운 돌덩이를 하나 넣고 살아가는 것과 같은 것이었다.

장례식이 끝났지만, 어머니가 이 세상에 계시지 않는다는 사실을 받아들일 수가 없었다. 걸음을 걸어도 휘청거렸고, 어머니를 떠올리게 하는 것들을 볼 때마다 찡하는 느낌과 아픈 감정이 올라왔다. 그런데도 여전히 눈물이 나오지는 않았다.

방황과 구원

너의 하나님 여호와가 너의 가운데 계시는 그는 구원을 베푸실 전능자시라. 그가 너로 인하여 기쁨을 이기지 못하시며 너를 잠잠히 사랑하시며 너로 인하여 즐거이 부르며 기뻐하시리라

_스바냐 3:17

어머니가 돌아가신 뒤로 나는 정말 많은 방황을 했다. 열심히 살아야 한다고 생각했지만, 무엇부터 해야 할지도 몰랐고, 마음을 잡으려 하

면 할수록 공허하기만 했다. 그렇게 방황하고 있던 나를 잡아 준 곳은 다름 아닌 교회였다. 교회에 나가면서 내 마음속의 깊은 구멍이 하나님의 사랑으로 채워지기 시작했다. 목사님의 설교를 들으면 들을수록 어머니를 대신할 수 있는 분은 하나님밖에 없다는 생각을 하게 되었다. 성경 말씀을 읽고 청년부 활동에 열심히 참여하였고 성가대에서 가스펠송도 배웠다. 친구들과 어울려 노래를 부를 때면 하나님의 품 안에 있다는 실감이 났다. 포근하고 따뜻한 느낌, 나를 온전히 품어주는 사랑, '너 자신이 가장 소중한 존재'라는 기쁨이 솟아 나왔다. 그 경험이 하나둘씩 쌓여가면서 조금씩 마음을 잡을 수 있었다. 교인들 앞에서 찬송하고 활동했던 경험이 이후 가수로 설 수 있는 밑바탕이 되었다는 생각이 든다.

그렇게 교회 활동과 사람들에게 의지하긴 했지만 마음속 깊은 평안을 누리진 못했던 것 같다. 문득문득 어머니에게로 가고 싶은 생각이 들었고, 사람들과 헤어져 홀로 돌아올 때면 뭔지 모를 허무감이 찾아왔다. 어느 해 크리스마스이브 날이었는데 교회에서는 크리스마스 칸타타 연습이 한창이었다. 예배당은 행사 준비로 많은 사람들이 모여 있었고, 마주치는 얼굴마다 밝은 인사가 오갔다. 나도 그들을 따라 인사를 나누고 미소를 띠기도 했지만, 점점 더 어색하고 부담스러워졌고 마음 깊은 곳으로부터 공허하고 우울한 느낌이 차올랐다. 나는 혼자서 아무도 없는 교육관으로 갔다. 무릎을 꿇자마자 눈물이 흘러내리기 시작했다. 눈물은 곧 통곡으로 바뀌었다. 어머니가 돌아가셨을 때도 크게 울어본 적이 없었던 내가 아니었던가. 어쩌면 어머니가 안 계신 다음에서야 장애인으로서 힘든 세상을 살아가는 일이 어떤 것인지 실감을 할 수 있었고 그 설움이 쌓이고 쌓였다가 일순간에 터져 나온 것인지 모를 일이었다.

얼마나 울었을까 마음이 진정되었고 하나님과 어머니께서 나를 지켜보고 있다는 느낌이 들었다. 조용하고 아름다운 빛 가운데 마음 깊은 곳으로부터 속삭이는 음성이 들려왔다.

"아들아. 너를 사랑해. 네가 잘 되기를 바란다."

나는 그 자리에서 눈물의 세례(洗禮)를 받았다. 그동안의 설움과 좌절, 우울함, 열등감을 모두 씻어 내릴 수 있는 자유로움을 선물 받은 것이었다. 그때만큼 눈물의 힘을 강하게 느껴본 적이 없다.

그날 이후 나는 새로 태어난 사람이 되었다. 예전에 성가대를 할 때도 나서는 것이 쑥스러워 힘들어 있는데, 누군가 권유하면 기꺼이 나서는 태도로 바뀌었다. 모든 일에 긍정적인 자세로 용기를 갖게 되었고, 마음 가득 희망을 품고 살아가는 사람으로 변모하였다. 단 한 번의 눈물로도 깊게 만나주시는 하나님, 한 번 변화한 사람을 다시는 어둠의 구렁텅이에 빠지지 않게 하시는 하나님 은혜였다.

아내와의 만남

하나님을 만나고 매사에 감사로 생활을 하고 있었고 생계를 위해 아르바이트도 병행했다. 체력으로 하는 아르바이트는 어려웠다. 그러던 중 교회에서 기타를 배우게 되었는데 나에게 맞는 노래를 찾아 부단히 연습한 끝에 아르바이트 자리도 찾을 수 있었다. 1986년에 아르바이트를 가장 많이 했는데 장애인이 노래하는 것을 마땅치 않아 하는 손님들이 있음에도 나의 정성을 봐서 무대에 세워주시는 사장님들이 꽤 되었다.

가수 활동을 시작하면서 나는 본명인 '박순일'을 '박마루'로 바꾸었다. '마루'라고 지은 이유는 '평평하니 편하게 쉴 수 있는 방바닥이나 누구나 와서 앉아도 되는 평상마루처럼 편안하게 앉았다 가라'는 뜻을 생각했기 때문이었다. 나중에 보니 '정상'이라는 의미도 있었는데 마루라고 이름을 짓고 나니까 실제로 좋은 일이 많이 생기는 것 같았다.

그중 가장 즐겁고 행복한 사건은 아내와의 만남이었다. 아내와의 나이 차이는 12살이다. 교회에서 만났는데 처음에는 정장을 잘 입고 다녀서 나이 차이가 그렇게 나는 줄도 몰랐다. 나이 차이가 나는 걸 안 후에도 아내는 나에게 자연스럽게 오빠라고 불렀다. 대화를 해보니 서로 잘 통한다는 생각이 들었고 이성으로써 마음이 가기 시작했다.

처가의 인정을 받다

하지만 결혼은 다른 문제였다. 이런저런 사정을 헤아리다 보니 쉽게 말이 나오지 않았다. 프러포즈 또한 작전이 있어야 할 것 같았다. '어떻게 하면 저 여인을 감동하게 할 수 있을까' 하는 생각을 해서 맛있는 음식점도 미리 알아놓고, 경치 좋은 곳으로 드라이브를 가기도 했다. 주위 분들에게 조언을 얻기도 했다. 사람들은 "네가 장애인이라는 것을 먼저 인정해. 그리고 많은 사람들이 있는 곳에 가지 마"라고 했다. 사람들이 많은 곳에 가면 사람들이 쳐다볼 것이고, 여자 친구가 불편해하고 그러다 보면 멀어질 수 있기 때문이라고 했다. 그렇게 이벤트를 만들고 정성을 쏟으면서 여자 친구의 마음을 살 수 있었다.

나는 지금도 결혼적령기에 있는 장애인 친구들에게 "결혼하려면 정성과 상대방을 감동하게 하고자 하는 노력이 있어야 한다"는 충고를 해 주곤 한다.

장인·장모께 결혼허락을 얻어내는 과정도 쉽지 않았지만 역시 진심과 정성, 잘 살아낼 수 있다는 자신감으로 설득하였다. 장모님의 마음이 닫혀 있을 때였다. 말조차 꺼내지 못하게 하시는 장모님에게 어떻게 해야 할지 고민이 되었다. 그 무렵에 나는 '장애 극복 대통령상'을 탔고 이희호 여사로부터 상을 받는 장면이 TV에 방영되는 것을 장모님이 우연히 보시게 되었다. 그 일로 장모님의 마음이 풀어진 것도 감사한 일이었다.

아내와의 결혼이 인간적인 노력으로 된 것 같지만, 결정적으로 고백할 수 있는 것은 이미 하나님의 역사가 있었다는 사실이다. 내 노력이라고 생각했지만, 결정적으로 아내의 마음을 움직인 것은 선물이나 이벤트가 아니라 기도 중에 하나님이 주신 확신이었기 때문이다.

네 꿈을 펼쳐봐

라이브 카페에서 가수를 하면서 방송에 출연할 기회를 얻었다. EBS TV '희망풍경' MC, KBS TV '사랑의 가족' MC, 복지 TV '마루의 행복한 휴먼플러스' MC를 맡으며 방송 활동을 시작했다.

2005년 겨울에는 예술의 전당에서 공연한 「크리스마스 캐럴」이라는 뮤지컬에도 참여했다. 나는 목발을 짚은 구세군 모금자의 역할을 맡았는데 끝나고 나니 관객들이 "일반 배우가 장애인 역할을 잘 하더라"고 말했다. 당시 기획 의도는 '장애인도 공연에 함께 참여할 수 있도록 하자'였는데, 공연이 끝난 후 충분히 가능한 일이라는 평가를 받을 수 있었다. 그 경험으로 나의 꿈인 '문화라는 매개체를 통하여 장애인과 일반인이 자연스럽게 어울리게 하겠다'라는 희망에 발동을 걸 수 있었다.

공연 후 더욱 확신을 하고 장애의 문제를 문화로 풀자는 주장을 체계적이며 지속해서 하게 되었다. 그 이유는 일반인과의 접근성 때문이었다. 그동안 여러 가지 활동을 하면서 아쉬웠던 면은 아무리 잘 만든 제도도 당사자들이 참여하기가 어려우면 유용성이 떨어진다는 사실이었다. 그런데 연극이나 공연처럼 소통할 수 있는 매개체로 마음을 움직이니까 제도적인 장치가 부족해도 장애인에 대한 배려와 서비스가 개선되는 것을 알 수 있었다.

외부에서의 활동에 이어 내부적으로도 실력을 쌓기 위해 노력을 했다. 2003년에는 중도에 포기했던 공부를 마치겠다는 목표로 고려

사이버대학에 진학했다. 사회복지 현장 활동을 하면서 좀 더 전문적인 실력을 갖출 필요가 있다는 생각을 하게 되었기 때문이었다. 그 결과 2009년에는 나사렛대학교 재활복지대학원 과정까지 마칠 수 있었다.

외부 활동에도 활발하게 참여하면서 이희아 씨를 비롯하여 장애를 가진 음악인들이 참여하는 토크 공연을 기획하여 '희망 콘서트'라는 이름으로 약 3년간 전국의 학교를 순회하며 공연을 했다. 이희아 씨는 볼 때마다 밝고 행복한 표정으로 함께 이루어가는 기쁨이 무엇인지 실감할 수 있게 해 주었고, 존재 자체가 하나의 희망이 되곤 했다.

어느 날 학교에서 공연하고 정리를 하고 있는데 한 학생이 쭈뼛거리며 다가왔다. 자살을 두 번이나 시도했는데 공연을 보고 살겠다는 결심을 했다는 것이었다. 우리가 노래한 것처럼 자신도 더 이상 죽음을 생각하지 않고 희망을 전하는 사람이 되겠다고 했다. 장애인에게 친구로 다가가겠다는 말을 하는 그 학생을 보고 우리의 마음이 전달된 것 같아 무척 감동되었다. 교육 담당 선생님은 "9년 동안 장애인에 대한 인식을 바꾸기 위해서 여러 가지 방법으로 가르쳤지만, 오늘 1시간 동안의 공연이 어떤 말이나 자료보다 더 효과적이었다"라고 하였다.

창의성은 역발상으로부터

나는 창의성의 핵심은 역발상으로부터 시작된다고 생각한다. 장애는 분명 불편하고 여러 가지 면에서 행동이 제한됨으로 단점이 될 수밖에 없다. 하지만 바로 그런 부분 때문에 오히려 다른 영역이 발달할 가능성도 높다. 시각장애인은 비장애인보다 청각이 예민하게 발달 되어 있고 집중력이 뛰어나다. 농아인은 아주 시끄러운 소리를 잘 견뎌낼 수 있다. 자신의 장점을 찾아내서 훈련하고 각자의 자리에서 빛을 발할 수 있도록 하는 것이 나의 꿈이기도 하다. 일반인이 노력하는 것처럼 장애인 역시 자신의 한계를 넘어갈 수 있도록 항상 준비하고 열정을 다할 수 있어야 한다.

나는 KBS TV '사랑의 가족'에서 리포터로 방송을 시작하여 7년간 방송 펑크를 거의 내지 않았고 직접 코디와 메이크업을 했다. 한겨울에 지방에 촬영이 있을 경우에는 운전에 무리가 되고 어렵기도 했지만 일단 약속이 정해지면 무조건 달려가곤 했다. 신기하게도 취재원들을 만나고 인터뷰를 하면서 새로운 힘이 생기는 것이었다. 이 모든 일의 기본은 체력이 되어야 하기 때문에 평소에도 꾸준히 관리하고 있다. 1층에서 15층까지 계단을 걸어서 올라가고, 윗몸일으키기에 스트레칭까지 빼놓지 않고 한다. 그렇게 노력한 결과인지 KBS TV 사랑의 가족 메인 MC가 되었고 서울시 의원이 되기 전까지 3년간 진행하였다. 물론 내 노력 뒤에는 장애인에 대한 편견 없이 나를 밀어준 방송관계자 여러 분들이 있었다.

1996년 장애 극복 대통령상 수상을 시작으로 2013년 '서울시 복지상 장애인 인권분야 최우수상', '문체부 표창장', '교육부 표창장' 등을 받은 것도 뜻 깊은 경험이 되었다. 이와 더불어 나사렛대학교 협동 교수로서 강의를 하고, 가수 김장훈 씨와 듀엣 앨범을 내는 등의 성과가 있었는데, 이 모든 일이 내가 잘나서가 아니라 나에게 기회를 준 분들이 계셨기 때문에 가능한 것이었다고 고백한다.

복지 TV 역시 내 삶에서 중요한 의미를 갖고 있는 방송이다. 나는 현재 복지 TV 부사장으로 있지만 내가 복지 TV를 시작할 때는 평사원으로 직원이 5명이었는데 현재는 50명이 넘는다. 초기에도 전국으로 나가긴 했지만 케이블로 제한적으로 방송되고 있었다. 이 문제를 해결하기 위하여 31명의 국회의원을 직접 만나 장애인방송 접근권의 중요성을 설득하였고 그 결과 방송법 일부를 개정할 수 있었다. 현재는 전국 모든 케이블 방송과 IPTV, 위성방송에 방송되고 있다. 장애인들의 문화접근 방법을 조사해보면 TV 시청이 90%를 넘는다. 아직도 많이 부족하지만 나는 장애인들에게 정보와 오락을 전달해주는 역할에 자부심을 느끼고 있다.

방송인으로서 공연기획과 참여자로서 살아오면서 다양한 사연과 힘든 경우를 많이 보았다. 그중 가장 불쌍한 사람이 누굴까 생각해본 적이 있었다. 그 사람은 자신이 아닌 다른 누군가를 위해서 단 한 번도 울어보지 못한 사람일 것이다. 자기 안에 갇혀서 자기의 슬픔, 안쓰러움, 연민에만 머물러 있는 사람은 다른 사람을 볼 수가 없다. 내 경험을 돌아볼 때 어떤 사람이든 리콜과 리필이 필요한 시기가 있다고 생각한다. 어떻게 하면 리콜과 리필을 할 수 있을까.

우리 가슴 속에 하트를 많이 만들고 사랑을 무한리필해 주는 것이다. 하트 속에 사람 인(人)자를 품고 서로를 배려하고 아껴준다면 어느새 기쁨과 활력이 솟아날 것이라 확신한다.

3년 3개월 동안의 의정활동

나는 방송인과 가수, 대학교 강사 등 현장에서 장애인 분야의 활동을 하다가 2015년 서울시 의원이 되었다. 시의원이 되고자 했던 이유는 현장의 소리를 대변할 수 있는 자격을 얻고 복지 시스템의 전달 체계를 알고 싶어서였다. 막상 의회에 들어와 보니 서울시 의원으로서 해야 할 일이 방대하고 공부할 것이 너무 많았다.

본래 의회의 중요한 역할은 조례(法)를 만들고 예산심의, 집행부에 대한 감시와 견제, 시민들의 현장 소리를 대변하는 것 등으로 되어 있다. 업무를 수행하는 과정에서 어려웠던 것은 혼자서 이 모든 것을 감당해야 하는 것이었다. 그래서 처음에는 매일 저녁 늦게까지 연구실에서 자료를 보고 공부를 하였고 밤이 늦어서야 귀가를 했다.

서울시와 서울교육청 살림살이 예산은 보면 43조 원 넘는다. 이것은 동남아 한 국가의 1년 예산과 맞먹는 것이다. 서울시 복지 예산만 해도 8조 원이 넘는다. 상임위 직원들의 도움을 받지만 궁극적으로 보면 수많은 의정활동을 보좌관 없이 혼자 해야 하는 상황이다. 더욱이

복지상임위는 업무의 성격상 민원도 많은 편에 속한다.

나는 일 욕심이 워낙 많다. 서울시 의회에서도 두 개의 상임위 활동(보건복지위원회, 운영위원회)과 두 번의 예결산특별위원회 위원으로 의정 활동을 하고 있다. 내가 지향하는 의정 활동은 모든 일을 혼자서 해내는 것이 아니다. 정책을 만들 때도 혼자서 결정하는 것이 아니라 다리 역할을 하는 것을 중심에 두고 진행을 하고자 한다. 즉 나를 통하여 사회의 다양한 계층이 협력할 수 있기를 기대하고, 사회적 약자들을 위해서 일하며 양극화 현상을 해소할 수 있었으면 하는 희망을 갖고 있다.

모든 활동의 궁극적 목표는 우리나라가 자살률 세계 1위를 기록하고 있다는 불명예를 벗어나는데 기여하는 것이다. 그러기 위해서는 사후에 정책을 수립하고 대책을 고민하는 것이 아니라 예방에 역점을 두어야 한다는 확신을 갖고 있다.

3년 3개월 동안의 나의 의정 활동을 보면 조례의 경우 개인 대표발의 19건, 공동발의 45건, 토론회 주최 10건, 보도자료 배포 49건, 언론보도 289건 등 선배 의원님들이 평가하기를 초선의원이 많은 일을 했다고 한다. 사실 4년간의 임기 평가는 내 양심에 부끄러움이 없고, 결과를 만들어서 시민들에게 서비스하는 것으로 생각했다. 의정 활동 기간 감사패, 다양한 상을 받았지만 그중에서도 나 스스로 돌아볼 때 기분 좋은 것은 '행정감사우수상', 한국매니페스토 광역의원 조례 분야 '최우수상'을 받은 것이다.

7

눈물 덕분에 바뀐
나의 삶 4가지

첫째, 'I love myself', 나 자신을 사랑하라

나는 나를 코디한다. 어릴 적 어머니께서 내 입성에 신경을 쓰신 이유는, 외모로 평가되는 부분의 약점을 채워주시기 위해서였을 것이다. 나 또한 외모의 중요성을 잘 알고 있다. 그 사람의 외모는 내면을 반영하는 것이기도 하고, 스스로를 얼마나 사랑하는지 평가할 수 있는 도구가 되기도 한다.

외모가 정신은 물론 삶 전체에 큰 영향을 미친다는 사실을 역설한 의사가 있다. 유대인이며 '의미치료법'을 개발하고 아우슈비츠의 경험을 녹여내 『죽음의 수용소에서』를 쓴 빅터 프랭클이다.

2차 세계대전이 발발하고 나치의 폭력이 극에 달했을 때 빅터 프랭클과 그의 가족들은 게슈타포에 체포된 후 아우슈비츠 수용소에 갇히게 된다. 사람들과 부대끼며 지내야만 하는 좁디좁은 감옥, 터무니없이 부족한 식량, 득실대는 병균, 혹독한 노동환경 등 그들의 삶은 하루하루가 고통의 연속이었다. 얇은 옷 한 벌, 낡아빠진 신발 한 켤레. 그것이 수용소에서 배려하는 최고의 미덕이었다. 그들은 눈보라가 휘몰아치는 겨울에도 얼어붙은 작업장으로 끌려가 온종일 고된 노동을 했다. 끝을 알 수 없는 비극적인 날들이었다. 그는 수용소 안에서 신혼의 아내와 부모, 형제, 거의 완성이 되어 있던 원고까지 삶의 의미라 할 수 있는 것을 모두 잃는다.

하지만 그는 '아무리 비참하고 비인간적인 상황에서도 어떻게 의미를 부여하느냐에 따라 달라질 수 있으며 고통조차도 의미 있는 것'이라는 깨달음을 얻는다. 재소자들은 고통 속에서도 사랑하는 사람을 생각하면서 그들의 안위를 걱정하고 다시 만날 희망을 잃지 않았다.

놀라운 사실은 모든 희망을 포기한 사람의 행동방식이었다. 수용자들의 죽음이 유난히 많을 때는 추수감사절, 크리스마스, 신년 초 등 의미가 있는 날이 지난 다음이었다. 그때까지는 나갈 수 있다고, 가족과 함께 보낼 수 있을 거라는 간절한 소망이 무너지면서 살려는 의욕을 잃어버린 것이었다.

완전한 절망 속에 갇힌 사람은 자신의 외모는 물론 주변 상황이 어떤가에 대해서도 관심을 잃는다. 식사에도 관심이 없었고 침대에 누운 채 배변을 해버렸다. 아무리 협박을 하고 때려도 절대 움직이지 않았고, 간수도 가능성이 없음을 알고는 더 이상 건드리지 않았다. 그런 경우 2~3일이 지나면 거의 죽음을 맞게 된다.

늙은 아버지의 사망을 무력하게 지켜볼 수밖에 없는 열악한 환경에서도 프랭클은 인간으로서의 존엄성을 잃지 않기 위해 최선의 노력을 다했다. 하루 한 컵의 물이 배급되면 반만 마시고 나머지로 세수와 면도를 했다. 깨진 유리 조각으로 면도를 해야 하는 환경이었지만 그는 면도를 거르지 않았고, 덕분에 건강해 보일 수 있어서 가스실로 가는 것을 면할 수 있었다고 한다.

『군주론』을 쓴 마키아벨리는 "당신이 진짜 어떤 사람인지 아는 사람은 거의 없다. 사람들은 당신이 어떻게 보이는지만 알 뿐이다"라고 했다. 빅터 프랭클이야말로 '어떻게 보이는가'가 생사와 관련되어 있다는 것을 피부로 느꼈던 사람인 것이다.

외모가 제대로 관리되지 않은 사람을 볼 때 부정적인 인상을 받게 되는 이유는 그 모습이 '스스로를 소중히 여기지 않는 것 같다'고 생각되기 때문이다. 그 사람의 외모는 내면과 긴밀하게 연결되어 있어서 때로는 생각과 가치관까지도 드러낸다. 즉, 외모는 내가 소개하기도 전에 나를 말해주는 가장 첫 번째로 내미는 명함과 같다. 내 경험을 돌이

켜 볼 때 자신의 모습에 신경 쓰지 않는 사람은 내면 역시 그리 건강하지 못한 경우가 많았던 것 같다. 나는 대부분의 사람들이 끝까지 포기하지 못하는 욕구로 '사랑받고 싶은 마음'이 있다고 생각한다. "어딘지 모르게 귀엽다", "웃는 모습이 사랑스럽다", "당신이 있어서 행복하다"라는 말을 들었을 때 싫어할 사람이 어디 있을까. 하지만 인간의 사랑은 조건적이며 한계가 있을 수밖에 없다.

사랑의 속성

성경 시편 136편에는 진정한 사랑의 속성에 대해 노래를 하고 있다. 하나님의 인자하심을 찬양하고 있는데 '인자하심'에는 '헤세드'의 의미가 있다. 헤세드는 '절대 사랑', '절대 자비', '절대 인자'이다. 절대 사랑이란 포기하지 않고 끝까지 영원히 사랑하는 것을 말한다. 먼저 사랑하되 전제는 상대방을 완전히 수용하는 것이다. 내 맘에 들지 않는 부분이 있더라도 그 자체로 완벽하다는 믿음을 갖고 선한 마음으로 대한다. 사람에 대한 판단은 아무리 신중해도 부족함이 없으며 쉽게 평가하지 않도록 행동의 이면을 볼 수 있어야 한다. 섣부른 판단은 내 소견과 고정관념, 내 마음대로 할 수 없다는 조급함으로부터 나온다. 조급함은 정상적인 판단을 막고 실수를 하기 쉽게 하며 자신의 품위를 잃게 하는 면에서 그 자체가 죄의 속성에 닿아 있다.

사랑스럽기는커녕 하는 짓마다 밉상이라 사람들이 슬슬 피해 가는 이도 있다. 그들의 표정은 경직되어 있고 누가 조금이라도 건드리면 당장 폭발할 것처럼 분노가 가득하다. 사람들이 그를 피하는 만큼 외로워지고, 외로우니까 우울하고 화가 난다. 어떤 사람은 다른 사람과 어울리는 것이 번거롭고 귀찮다고 한다. 말로는 그렇게 얘기할지 몰라도 진심은 누군가가 다가와서 자기의 마음을 받아주고 마음속의 이야기를 들어주었으면 하는 바람이 있을 것이다. 품격의 기본은 나를 사랑하는 것이다. 나에게 함부로 하지 않는 사람은 타인에게도 정중하다.

자존감은 누군가로부터 사랑받을 때 높아지는 것이 아니다. 다른 이로부터의 사랑과 관심을 갈구하기에 앞서 나 자신을 먼저 인정하고 사랑해야 자존감도 높아지는 것이다. 자신에 대한 불필요한 비판을 멈추고 조금 부족하더라도 따뜻하게 보듬어주자. 자신에 대한 고민과 자책보다는 조금 더 나아질 수 있는 방향으로 시선을 돌리자.

자신을 위해 직접 '사랑하는 행동'을 해주어야 한다. 기분이 좋아지는 옷을 입고, 출근길에는 힘이 나는 노래를 들으며, 독서를 하고, 피로를 풀기 위해 반신욕을 하는 등 자신을 아끼는 행동을 찾아 꾸준히 실천하면 된다.

나를 위로하는 방법

힘든 하루를 보내고 나서 자신에게 선물을 주는 것은 사치가 아니다. 우리 뇌는 긴장과 집중으로 방전되어 버린 에너지를 채우려는 본능적인 욕구가 있다.

나는 평소에 단 음식을 잘 먹지 않는다. 살이 찌면 움직이기도 불편하고 치아에도 좋을 게 없다고 생각해서다. 어릴 때부터 습관이 되다 보니 특별히 단 것을 먹고 싶다는 욕구도 생기지 않는다. 그런데 어떤 날은 유난히 단 것을 찾게 되고 많다 싶게 먹게 된다. 생각해보니 온 종일 강의를 듣거나 신경 쓰이는 일에 집중했거나 책을 읽는 등 정신적인 피로를 많이 느낄 때 그런 욕구가 생기는 것이었다.

주위 사람들에게 물어보니 나와 비슷한 경험을 하고 있다고 했다. 일반적으로 시험 때가 다가오거나 뇌에 스트레스를 받으면 에너지가 고갈되고 본능적인 욕구에 저항할 힘을 잃게 된다. 그러다 보니 평소에는 충분히 참을 수 있었던 유혹에 넘어간 것이고, 소모된 에너지를 빨리 회복하라는 뇌의 명령을 따르게 된 것이다.

인간은 몸의 필요 못지않게 정서적인 허기에도 민감하다. 억울하고 힘든 일을 당하면 해소될 때까지 계속 그것에 집중을 하게 되고, 자신의 이야기를 들어줄 사람을 찾기도 한다. 이유를 알 수 없는 불안에 휘말릴 때는 마음의 균형을 잃어버리고 평소에 하지 않던 일을 벌이는 경우도 있다. 하지만 문제를 일으키는 근본적인 원인을 찾지 않으면 쉽게 해결을 할 수가 없다.

이 문제를 해결하기 위해서는 먼저 불안을 일으키고 지속시키는 생각과 행동의 패턴을 자각하는 것에 집중해야 한다. 불안해하는 '나'

를 가장 잘 돌볼 수 있는 사람은 바로 자기 자신이다. 외부의 도움을 받을 수 있지만, 결국은 자신을 들여다볼 수 있도록 스스로 돕는 방법이 먼저 되어야 하는 것이다.

감정은 생각과 느낌이 더해지면서 생겨나는 현상이다. 예를 들어, 아이가 수학여행을 떠났다고 하자. 몇 번이나 안전한 곳임을 확인했고 아이로부터 잘 도착했다는 메시지도 받았다. 그러다 불현듯 '아이가 잘 못 되면 어떡하지?' 하는 생각이 떠오른다. 동시에 아이가 성장과정에서 다쳤던 일이나 내 아이가 아니라도 불시에 일어난 사고들이 생각난다. 그것은 곧 아이를 잃어버린 상황으로 연결이 되고 순식간에 불안이 올라온다. 혹 아이가 전화라도 받지 않으면 어쩔 줄을 모르고 쩔쩔 매게 된다. 한편 그런 불안에 시달리는 사람을 전혀 이해하지 못하는 경우도 있다. 그러므로 감정은 수치화하거나 기준을 만들어낼 수가 없다. 다시 말해 감정은 개인의 태생부터 삶의 과정에서 반복되어 오면서 학습되어 왔기 때문이다.

불안을 해소하기 위한 한 가지 방법은 명상이나 숨쉬기 등 간단한 방법으로 그 상황 속에서 빠져나와 보는 것이다. 지금 느끼는 감정을 그대로 받아들이되 과도한 상태가 아닌지 거리를 두고 보는 것이다. 불안뿐만 아니라 불시에 일어나는 거의 대부분의 감정들은 가만히 내버려두면 가라앉게 되어 있다. 끝없이 슬프거나 흥분되어 있거나 하는 경우는 흔치 않다.

또 한 가지는 불안을 해소할 수 있는 도구나 기분전환 전략을 사용해보는 것이다. 있는 곳으로부터 벗어나와 산책을 하거나, 시간이 좀 걸리는 요리를 할 수도 있다. 머리가 복잡할 때 단순작업을 하면 차분하게 기분이 가라앉을 수 있다.

취미생활도 나를 위로할 수 있는 좋은 경험과 도구가 될 수 있다. 인간이 행복을 느낄 수 있을 때는 직업에서 얻는 물질적 성취보다 취미생활일 때가 많다. 취미 생활 역시 수입과 관련될 수 있지만 내게 맞는 선에서 관심을 갖고 직접 고르고, 몸으로 활동한다면 큰 무리가 되지 않을 것이다. 하지만 취미생활 역시 인간관계가 뒷받침되어야 한다. 예를 들어 어떤 갑부가 수영을 좋아하여 집안에 100미터짜리 레인이 있는 수영장을 만들었다. 과연 혼자서 넓은 수영장에서 헤엄을 치면 즐거울까. 취미생활은 함께 하는 사람이 있어 서로 알아주고 공동의 화제로 나눌 이야기 거리가 될 때 훨씬 즐겁고 행복하다. 취미생활 역시 관계의 한 부분이라는 뜻이다.

『행복의 조건(Aging Well)』을 쓴 하버드대학교 의대 교수인 베일런트(Vaillant. G.)는 "행복하고 건강하게 나이 들지를 결정짓는 것은 지적인 뛰어남이나 계급이 아니라 사회적 인간관계. 인생에서 가장 중요한 것은 바로 다른 사람들과의 관계에 있다"라고 했다.

분명 인간관계의 질은 따로 있다.

이를 시험해보기 위해서는 지금 바로 휴대폰을 꺼내 검색을 해보면 된다. 휴대폰 안에 저장되어 있는 번호가 얼마나 되는가. 아마 적게는 열 개 내외 많게는 천 개가 넘을 수도 있을 것이다.

그 다음은 내가 지금 가장 최악에 처해 있고 무엇부터 얘기를 해야 할지 모를 정도로 혼란스럽다고 가정한다. 의사로부터 6개월밖에 생명이 남지 않았다는 시한부 통보를 받았거나, 직장을 잃거나 배우자에게 이혼 통보를 들었을 수도 아니면 자녀의 방황으로 머리가 아플 수도 있다. 게다가 경제적으로도 어려운 상황이라 만난 후 들어가는 비용 모두를 그 사람에게 의존해야 한다.

그 상황에서 하나씩 전화번호를 넘겨보면 내가 가진 관계의 지점이 보인다. 몇 명이나 불러낼 수 있을까. 혹 나오더라도 내 이야기를 꺼낼 수 있을까. 모든 것을 나눌 수 있는 친구 세 명만 있으면 평생 살아갈 수 있다고 생각한다.

'세 명'

숫자로는 크지 않으나 그 무게는 엄청나다.

둘째, 'I am volunteer', 누군가에게 필요한 봉사자가 되기

'많이 주어도 잃지 않는다.'

봉사 활동보다 중요한 것은 베풂이라는 것이 무엇인지 정확히 아는 것이다. 내가 하는 것이 자선인가? 투자인가? 카타르시스를 위한 것인가? 이 혼란은 나누는 것에 대해 너무 복잡하게 생각하는 것으로부터 오는 것이다. '준다'라고 할 때 물건이나 돈처럼 눈에 보이는 것을 먼저 생각하는 것도 봉사에 대해 어려움을 느끼게 하는 원인이 된다. 내가 생각하는 봉사는 일방적으로 유리한 위치에 있는 사람의 베풂이 아니라 '리콜 인 리필'의 개념이다. 봉사 기간이 긴 사람일수록 공통적으로 하는 말이 있다.

"봉사를 하고 나면 몸은 피곤해도 마음이 얼마나 부자가 되는지 몰라요. 제가 봉사하는 것이 아니라 오히려 그분들부터 에너지를 얻어오는 것이지요."

봉사하는 것만큼 내 짐이 가벼워진다. 때로 지치고 무기력해서 아무것도 할 수 없다고 생각하다가도 뛸 듯이 나를 반기는 아이들을 보면 새털처럼 몸이 가벼워진다. 두 손으로 봉사자의 손을 잡고 고마워하는 어르신을 볼 때면 '다음 주에는 뭘해드릴까' 하는 생각을 하게 된다. 결국, 봉사로 리필되는 것이다.

현재 나는 CPBC 평화방송 라디오에서 매주 수요일 오후 4시부터 5시까지 1시간 동안 생방송으로 전국의 자원봉사 소식을 전하고 있으며, 대한민국 자원봉사 홍보대사로 활동 중이다. 방송을 하면서 채워지는 기쁨은 나의 삶을 풍요롭게 하는 에너지원이 된다.

셋째, 'I am hope', 희망이 가득한 세상 만들기

　　최근 우리나라의 사회·경제, 정신적인 상황을 보면 '희망'이라는 말을 잃어버린 국가가 아닐까 라는 생각마저 든다. 질병관리본부가 2014년 '세계 자살 예방의 날'(10일)을 맞아 발표한 '한국 성인의 우울 증상 경험' 보고서에 따르면 2012년 국민건강영양조사(전국 3840가구 대상) 결과, 19세 이상 성인의 12.9%가 "최근 1년 안에 우울증을 경험"했으며, 성별로는 여성(16.5%)이 남성(9.1%)보다 1.8배 많았고, 연령별로는 70세 이상(17.9%) 〉 60대(15.1%) 〉 50대(15.0%) 〉 40대(12.9%) 순으로 나

이가 많을수록 우울증 비율이 높게 나타났다. 우리나라 성인 8명 중 1명은 일상생활에 지장이 있을 정도의 슬픔과 절망을 느끼는 우울증을 앓고 있는 것으로 조사되었다. 하지만 전문 의료기관 등에서 상담이나 치료를 받는 우울증 환자의 비율은 10%에도 미치지 못하는 것으로 나타났다. 2012년 한국의 자살률은 경제 협력 개발기구(OECD) 회원국 가운데 압도적으로 높았으며(10만 명 당 29.5명), 한국 다음으로 헝가리(10만 명 당 22명)가 높았으며, 그다음으로는 일본(10만 명 당 19.1명)으로 나타났다. 우울증 증가는 OECD 국가 중 자살률 1위라는 수치스러운 결과를 낳았고 자살 예방비용과 치료비는 10조 3천800억 원(2011년 기준)에 이른다.

저들이 삶을 포기하지 않을 수는 없었을까. 과연 막을 수 없는 것인가. 혹 믿어도 되는 누군가에게 자신의 힘듦을 토로할 수 있었다면, 아니 말로 설명이 안 되어서 무작정 눈물을 흘리며 울기라도 했다면 다시 살 힘을 얻을 수 있지 않았을까. 자살자들은 죽기 전에 누군가에게 신호를 보낸다고 한다. 직접 말로 하는 경우도 있고, 자신이 소중히 여기던 물건을 나누어주거나 "고마웠다", "미안하다" 등의 인사를 하기도 한다. 누구든지 조금만 눈여겨보면 알 수 있는 경우가 많다고 한다.

그들의 몸에 쌓인 것은 독이다. 자신 안에 있는 독에 심하게 감염이 되었을 때 죽음으로 한 발짝 다가가게 되는 것이다. 독을 풀어낼 수 있는 것은 눈물밖에 없다. 눈물을 잃어버린 세대, 눈물을 부끄러워하는 분위기가 되면서 자살률이 높아지지 않았을까 생각되기도 한다.

외부의 열악한 환경과 상황에 좌우될 수밖에 없는 것이 인간이지만, 놀랍게도 그 안에 엄청난 힘을 갖고 있는 존재이기도 하다. 그러므로 희망은 멀리 있는 것이 아니라, 우리가 어떻게 생각하느냐에 따라 지금 바로 여기에 있을 수 있다는 사실을 기억하셨으면 좋겠다.

위에 언급한 빅터 플랭클은 세 가지 방식으로 삶의 의미를 찾을 수 있다고 한다.

"첫째는 무엇인가를 창조하거나 어떤 일을 함으로써, 둘째는 어떤 일을 경험하거나 어떤 사람을 만남으로써, 마지막으로 피할 수 없는 시련에 대해 어떤 태도를 결정할까 생각하면서이다."

나는 빅터 프랭클의 개인적인 의지에 주변 사람과 함께 소통하는 방법을 더하고 싶다. 힘들 때는 손 내밀어 도움을 구하고, 다른 사람이 힘들어할 때 기꺼이 손을 잡아주는 것으로부터 소통이 시작되는 것이다. 다음은 자기가 있는 자리에서 따뜻한 성장의 공동체를 만들거나 가까이에 있는 다른 공동체를 찾아 관계의 영역을 넓혀갈 수 있으면 좋겠다. 나 역시 많은 사람들과 관계를 맺고 교류를 하면서 시야가 넓어지고 내가 하는 일에 대한 의미를 찾을 수 있었다. 다양한 사람들과 함께 있으면 자신의 성장에 더 집중하게 된다.

넷째, 'I am smile', 나는 눈물을 통해 웃음을 찾았다

웃음은 건강을 지켜주는 보약

웃으면 '엔도르핀'이라는 호르몬이 분비된다. 스트레스를 받거나 고통을 받으면 그것을 이겨내기 위해 이 호르몬을 분비하는데, 엔도르핀은 모르핀의 200배에 해당하는 성능의 마약 성분과 같은 효과를 낸다고 한다. 이처럼 웃음은 엄청난 성능을 가진 진통제 역할을 하여 스트레스를 해소하고 기분을 좋게 한다고 한다. "스트레스는 만병의 근원"이라는 말이 있는데 스트레스를 해소해 주는 것만으로도 웃음은 건강에 아주 좋은 역할을 하고 있다는 것이다.

웃는 것만으로도 다이어트 효과가 있다

과연 웃음이 다이어트 효과가 있을까?

영국의 심리학자 로버트 홀덴의 연구에 따르면 1분 동안 호탕하게 웃는 것은 10분 동안 에어로빅이나 조깅 혹은 자전거를 타는 것과 비슷한 효과가 있다고 한다. 웃을 때는 수백 개의 근육과 뼈와 함께 오장육부 모두가 움직이기 때문에, 온몸에 산소공급량이 배로 증가하여 유산소운동을 하는 효과를 볼 수 있다고 한다. 따로 시간을 내어 운동을 하지 못하더라도 생활 속에서 웃는 것만으로도 다이어트에 도움이 된다는 사실이 입증된 것이다. 좋은 일이 있어 웃는 것이 자연스럽지만 웃다 보니 좋은 일이 생긴다는 말도 맞다. 타인이 아니라 자기 자신이 웃겠다는 의지를 갖고 웃어도 자연스러운 웃음의 90%에 해당하는 효과를 낸다고 한다.

웃음은 젊음을 유지시켜 준다

"웃어라, 3년은 젊게 보인다."

독일에 있는 막스플랑크 연구소 연구팀은 최근, 웃는 얼굴로 행복 기분을 느끼게 해주는 사람들은 또래의 근엄한 얼굴을 한 사람들보다 훨씬 매력적이고 어려 보인다는 사실을 발견했다. 연구팀은 150명의 성인을 대상으로 1000장의 사진을 보여준 뒤 얼굴에서 나이를 추측해 보라고 요청한 결과 무표정한 얼굴로 있는 사진을 보았을 때 정확하게 나이를 알아맞혔고, 행복한 표정은 나이보다 훨씬 어리게 보았다.

이 결과를 통해 연구팀의 마뉴엘 포엘클레는 "표정이 평가에 가장 실질적으로 영향을 미친다"라며, 행복한 표정, 웃는 얼굴을 하는 것이 가장 나이를 어리게 보게 했다고 결론을 내렸다.

직접 체험한 웃음 효과

내 삶을 전폭적으로 바꿔준 것도 결국은 밝은 웃음 덕분이다.

1982년 어머님이 돌아가신 후에 눈물을 통해서 다시 삶의 의욕을 찾은 나는 일단 직장을 찾을 결심을 하고 이곳저곳 이력서를 넣기 시작했다. 수도 없이 응시했지만 늘 서류에서부터 탈락이 되었다. 이력서에 '지체 장애 2등급'이라는 사실을 적었는데 아마도 그것이 탈락의 가장 큰 원인이 되었을 것이다. 35년 전이니 지금보다 훨씬 더 장애인에 대한 인식이 좋지 않았고 장애인을 수용하기는커녕 일하다가 산재를 당하면 오히려 해고하는 분위기였다.

생각 끝에 한 회사에 장애인 사항을 삭제하고 이력서를 넣어보았다. 그랬더니 1차에 합격하였다고 면접을 보러오라는 연락이 왔다. 면접시간에 맞추어 회사에 갔는데 내가 목발을 짚고 나타나니까 안내하는 직원이 당황하는 것이 느껴졌다. 각오했지만 나 또한 매우 긴장이 되었다. 그런데도 면접장까지 왔는데 한번 부딪쳐 보기나 하자는 결심으로 대기했다.

긴장된 시간이 흘렀고 드디어 내 순번이 되었다. 여직원의 안내를 받아 면접관들이 있는 사무실로 갔다. 나는 긴장을 풀기 위해 입구부터 웃으며 들어섰고 면접관에게 인사를 할 때도 미소를 띠고 밝은 표정으로 웃었다. 면접관들이 내게 호감을 느끼는 것이 느껴졌고 면접 내내 화기애애한 분위기가 되었다. 면접장을 나오는데 분명히 합격할 것이라는 확신이 왔다. 기대했던 대로 며칠 후 합격통지를 받았고, 입사한 후에도 항상 건강하고 밝은 표정으로 생활을 하여 동기보다 빠르게 팀장까지 될 수 있었다. 입사 후 면접을 보았던 부장님이 그날 면접을 보러 온 사람 중 내가 가장 환한 표정이었고 긍정적으로 이야기를 하는 것이 눈에 띄었다고 했다. 자칫 목발에 주목할 수 있는 상황일 때 환한 얼굴이 먼저 보이도록 한 것이 입사 노하우였던 셈이다.

웃음은 지금도 나에게 긍정의 힘이 되고 있다.

이제는 웃는 것이 습관이 되어 일을 하다가 잘 풀리지 않을 때도 한번 크게 웃고, 부담스럽고 어려운 자리에 나갈 때도 편안한 웃음부터 짓게 된다. 그리고 나면 조금까지만 해도 분노, 초조, 불안 등 스트레스를 받던 상황이 별 것 아닌 것으로 생각되고 뇌가 새로운 기운으로 충전된다는 느낌이 든다.

함께 웃어요

지금 이 책을 읽고 있는 독자께서는 책을 잠시 내려놓고 거울을 한 번 보셨으면 좋겠다. 무표정한 얼굴인지, 웃음 띤 얼굴인지, 아니면 피곤함에 절어 짜증스러운 표정인지. 혹 자신이 보아도 낯설고 무서운 표정인지 가끔 점검해볼 필요가 있다.

'진짜 웃음'은 눈과 입이 같이 움직인다고 한다. 나 역시 처음엔 무표정하고 피곤함이 배어 있는 얼굴이었다. 어쩌다 웃더라도 입술만 살짝 움직여 피식하고 마는 정도였다.

어느 날 전신 거울을 보게 되었다. 거기에는 세상에 별 기대가 없다는 듯 축 처진 어깨와 생기 없는 표정의 내가 서 있었다. 그 모습을 보면서 우울한 표정이 장애를 더 강조하게 된다는 것을 알게 되었다. 내가 봐도 부담스러운데 다른 사람이 보기에는 얼마나 더 심할까 싶었다. 그래서 얻은 결론이 '항상 웃자'였다. 그때만 해도 웃음이 내 삶을 그토록 바꿀 줄 상상하지 못했다.

이후로 눈과 입이 같이 웃는다는 게 어떤 걸까 고민을 하면서 웃는 연습을 시작했다. 눈썹을 올려보기도 하고, 소리를 내서 웃기도 하고, 입을 있는 대로 벌렸다가 다물었다가도 해보았다. 그 결과 진짜 웃음이라는 것은 마음에서 우러나와야 한다는 결론을 얻게 되었다. 처음에는 연습한 대로 했지만 자연스럽게 웃음이 몸에 배는 것을 느낄 수 있었다. 어느 새부턴가 내 얼굴이 스마일로 변한 것이었다.

내가 변화하자 주위에서도 뭔가 좋은 기운이 생겼고, 나를 보고 웃어주는 사람도 많아졌다. "박마루 씨를 보면 저절로 웃음이 나요" "기분이 좋아져요", "부담이 없어요", (장애인인데) 밝은 표정이 인상적이네요" 등의 피드백이 왔다, 우연히 누구를 만나거나 새로운 일을 기획할 때도 "일단 함께 해 봅시다"라는 긍정적인 네트워크가 형성되었다. 그러다 보니 일도 잘되고, 좋은 사람들을 만나게 되고, 행복한 삶이 이런 것이구나 하고 감격할 때도 많다.

즉, 눈물을 통해 웃음을 찾고 내가 바뀌고 그리하여 대인관계가 좋아지고 삶이 달라지는 선순환의 과정을 걷게 것이다.

내가 나 된 것은 하나님 은혜라

내 시련과 고난의 때에 하나님이 계셨다. 내가 울고 있을 때 예수님께서 품에 안아 주셨다. 내가 웃으니 하나님과 예수님 춤을 추고 계셨다. 지금까지 지내온 것, 앞으로 달려갈 모든 길 하나님께 맡기며 항상 감사하는 마음으로 살아갈 것이다. 끝으로 이 말씀을 하나님께 올려드린다.

그러나 내가 나 된 것은 하나님의 은혜로 된 것이니 내게 주신 그의 은혜가 헛되지 아니하여 내가 모든 사도보다 더 많이 수고하였으나 내가 한 것이 아니요 오직 나와 함께 하신 하나님의 은혜로라

_고린도전서 15장 10절

참고문헌

강선영, 『나의 눈물과 마주하는 용기』, 대림북스, 2017.

강선영, 『눈물의 힘』, 아우름, 2011.

김선현, 『그려요 내마음, 그래요 내마음』, 힐링앤북, 2014.

김진혁, 『감성 지식의 탄생』 마음산책, 2010.

도야마 시게히코, 『나는 나이 들었다고 참아가며 살기 싫다』, 이영미 옮김, 21세기북스, 2015.

러셀 로버츠, 『내 안에서 나를 만드는 것들』, 이현주 옮김, 세계사, 2015.

미하엘 엔데, 『모모』, 한미희 옮김, 비룡소, 1999.

박신식, 『아버지의 눈물』, 푸른나무, 2001.

심노숭, 『눈물이란 무엇인가』, 김영진 옮김, 태학사, 2006.

쑤퉁, 『눈물 1, 2』, 김은신 옮김, 문학동네, 2007.

아거, 『불온한 독서』, 새물결플러스, 2017.

안 뱅상 뷔포, 『눈물의 역사』, 이자경 옮김, 동문선, 2000.

안톤 체호프, 『개를 데리고 다니는 부인』, 오종우 옮김, 열린책들, 2009.

SBS스페셜 제작팀, 『학교의 눈물』, 프롬북스, 2013.

엘리스 보이스, 『불안을 다스리는 도구상자』, 정연우 옮김, 한문화, 2017,

와다 히데키, 『감정적으로 받아들이지 않는 연습』, 전선영 옮김, 위즈덤하우스, 2017.

유시민, 『어떻게 살 것인가』, 생각의길, 2013.

이애경, 『눈물을 그치는 타이밍』, 허밍버드, 2013.

이의양, 『어머니의 눈물』, 부광, 2004.

이철우, 『행복을 훈련하라』, 살림, 2011.

이홍식, 『눈물은 남자를 살린다』, 다산북스, 2012.

제임스 마틴, 『예수, 여기에 그가 있었다 1, 2』, 오영민 옮김, 가톨릭출판사, 2017.

최명기, 『시네마 테라피』, 좋은책만들기, 2013.

포리스터 카터, 『내 영혼이 따뜻했던 날들』, 조경숙 옮김, 아름드리미디어, 1996.

한광일, 『웃음 치료』, 삼호미디어, 2014.

한광일·김선호, 『울음, 참으면 병된다』, 삼호미디어, 2012.

한병철, 『피로사회』, 김태환 옮김, 문학과지성사, 2012.